おばちゃんに言《ゆ》うてみ？

泉ゆたか

新潮社

目次◆おばちゃんに言うてみ?

おばちゃんに言《ゆ》うてみ?

岸和田でヨガ

1

「姉ちゃんその服、ニンジンみたいやんな。ええなあ、そんなんどこで買うたの？」

「へ？」

唐突に声を掛けられて、正岡《まさおか》沙由美《さゆみ》はスマホの画面から顔を上げた。駅前にある美容院の二階、貸しスタジオの更衣室だ。着替えの途中の下着姿の高齢女性が、こちらに向かって揃って人懐こい笑みを浮かべていた。

沙由美は鏡に映る自分のヨガウェアを見つめた。蛍光オレンジのトップスに、ダークグリーンのスパッツだ。

「姉ちゃんスタイルええからな。かっこええわあ。わたしがそれ着たら、ここんとこどーんなってカラスウリみたいになんねんな」

沙由美が何か言わないと、と思っているうちに、そばにいたお仲間たちがいきなり会話に入ってきた。

「カラスウリて。それやったら赤カブやろ」

「赤カブこんな色ちゃうわ。赤カブ言うたら赤やんけ」

「ほならパプリカや」

「パプリカどこに緑色あんねん」

「ヘタあるわ」

「あんな足ほっそいのおるかいな」

「年取ったら肉減るからおなかおっきなっても足だけ細なんねん」

「ほなら転んだらえらいことやね」

「せやで。こないだ吉田さん庭仕事してはったとき、どわーって転びはって」

「吉田さん転びはったん？　年寄り転んだらあかんわあ」

「あんたも年寄りやんけ」

怒濤のような大阪弁が押し寄せる。

あっという間に沙由美は蚊帳《かや》の外だ。

着替えを終えた高齢女性たちがスタジオへ向かう後ろ姿を見つめて、沙由美は重苦しいため息をついた。

やっぱり来なければよかった。

――沙由美ちゃん、東京おるときデパートで化粧品売る仕事しながらヨガの先生目指しとったんよな？　今日美容院行ったらヨガ教室あんの見つけてな、なんやこれ沙由美ちゃんにぴったりやん、て思て申し込んどいたわ。もうお金払っといたからな。明日必ず行ってな。二時よ、昼の二時な。あっこ横断歩道ないから車に気いつけてな。

電話越しの義母の声が脳裏に蘇った。

三月に東京都世田谷区太子堂《たいしどう》から大阪府岸和田市春木へ引っ越して、一ヶ月経つ。マンションの部屋に引き籠って、日がな一日スマホをいじっている沙由美のことを心配する義母の気持ちは、痛いほどわかっていた。わかってはいたが……。

重い足取りでスタジオに入ると、Tシャツにトレパン姿の中年の女性が、鏡の前で「こんにちはあ」と大きな声で言った。小麦色の肌に今どきあまり見ない細かいウェーブの黒髪が、どことなく魔女を思わせる雰囲気だ。

「うわ、きいろっ！　華やかでよろしいなあ。やっぱ若い人は明るい色似合うわあ」

無邪気に目を剝《む》いてのけぞったこの人が、今日のヨガレッスンの先生だ。

「……すみません」

黄色ではなくオレンジです、と心の中で言いながら、もうどっちでもいいやと脱力する。沙由美は足早に最後列へ向かった。

帰りたい、ともう一度心で唱えて、鼻で大きく息を吐く。鏡に映る自分の姿だけを喰い入るように見つめた。

こちらへ来てから「すみません」と何回言っただろう。

「こんにちは」も「ありがとう」も明らかにイントネーションが違う。けれど「すみません」だけはほとんど変わらない。

〝東京弁〟だ！　と思われずに済む。

「真治《しんじ》にいちゃん、きしょい喋り方せんといて。東京弁、ないわあ」

真治と沙由美が岸和田へ引っ越した夜、義理の実家では親戚一同を集めて大宴会が行われた。普段は使われていない広い「畳の部屋」を開け放ち、季節外れのおでんと串カツと水茄子の漬け物と、くるみ餅という名なのに胡桃《くるみ》の味が一切しない餅を囲んだ。

「〜だよ、とか、〜だね、とかやめてんか。さぶいぼ立つねん」

義母の従妹の孫、という遠い親戚の中学生の少年だ。大人の中でも一切物怖じせずに早口で喋る姿は、到底思春期の男子とは思えない。

「そんな東京弁なっとるか？」

「めっちゃなっとんで。ちゃんと喋りい。ぞわぞわするわあ」

大げさに鳥肌をさする仕草をして笑う少年のことを、その日、沙由美は直視することができなかった。

悪意がないのはわかっていた。だが、私はここでは家族ではない、東京弁という気色悪い言葉を喋る余所者《よそもの》だとはっきり言われた気がした。

「ぼく、学校ちゃんと行っとるか？」

「ぼくちゃうわ。真治にいちゃん、ぼくの名前覚えてへんのやろ。うち年子で男三人おんねんからな。難易度高いで」

「ちゃんと覚えとんで。たけしくんやんな」

「たけしちゃうわ。ゆうすけや。だれがたけしやねん」

「ほなら、たけしは兄ちゃんか？」

「兄ちゃんおらん。ぼくが長男や。たけしは康子《やすこ》おばちゃんとこの犬や」

まるで漫才のようにテンポよく会話を続ける二人を前に、沙由美は胸のあたりがずしんと重くなるのを感じた。

「はい、次は〝猫のポーズ〟ですよ。背中を丸めて猫背になりましょう」

先生がヨガマットの上で四つん這いになって、大きな声を張り上げた。

「猫やて」

「猫こんなんするか。うちのせえへんで。いっつも姿勢ええねん」

「あんたんとこ猫おったん?」

「おんで。孫がな、中央公園で三匹おんなじ柄の拾ってきてん」

「あっこぎょうさん捨てる人おんねんなあ。捨て猫は犯罪です、て看板あんのになあ」

「何言うてんの。猫捨てんのなんてあかん人やで。あんなかわいらしい看板見て、ほなやめときましょかてなるわけないやろ」

スタジオの中は、まるで学生街の居酒屋のように騒々しい。

こんなのヨガのレッスンではない。ヨガとは自らの息遣いと姿勢に集中し、身体に溜まっているストレスを解放する、最高のリラックスの方法のはずだ。

ほんの一月前まで通っていた中目黒のスタジオの光景を思い出す。

窓の外には目黒川沿いの桜並木が広がる。アロマの香りがほのかに漂って、スピーカーから波の音が聞こえる。先生の静かな声に、深い水の底を揺蕩《たゆた》っているかのように癒された。スタジオの仲間は皆、運動をしに来たとは思えないくらい丁寧なナチュラルメイクに、流行のヨガウェアを着たお洒落な人ばかりだった。

自宅からは電車の乗り換えがかなり面倒な場所だった。だがあそこに行けば自分を好きになれた。私はこのクラスに溶け込むことができている。ここにいる皆と同じくらいかっこいい。そう思えた。

「ほな、こっからのポーズは難しいから、先生がやるのきちんと見ててくださいね。いっちに、いっちに」

先生が両足を前後に開き両腕を床と水平に開いた〝戦士のポーズ〟を保って、鏡に映った生徒たちに鋭い目を向けた。こめかみに血管が浮いている。

「ここもっと、こうして、こう。はいよくできました。いっちに、いっちに」

呑気な掛け声に、老人ホームで健康体操をしているような気分になる。

「あ、これあかんわ。きっついわあ」

「こんなん無理やあ。うちもやめとくわ」

周囲の人たちが次々に脱落して、べたっと床に倒れ込む。

私には何も見えないぞ。何も聞こえない。沙由美はきゅっと顎を引いて、鏡に映る自分の姿だけを挑むように見つめた。両腕を開いて息を吐く。

「正岡さーん！」

大きな声で名を呼ばれて、思わずびくりと身を縮めた。

「先生のことちゃんと見といて！　ヨガ甘く見とったらあかんのよ。アキレス腱切った人とかおんねんで！」

「……すみません」

こんなに大きい声で叱られたのは、どれくらいぶりのことだろう。いきなり涙が溢れそうになって、慌てて頰を両手で強く押さえた。

「いくらお洒落さんやからて、自分ばっかり見とったらあきませんよ」

スタジオの中がどっと笑いに包まれた。

沙由美はうっと顔を歪めた。胃に錐《きり》を差し込まれたような痛みが走る。押し寄せる大きな笑い声に身が削り取られるような気がした。

場にそぐわない蛍光オレンジのヨガウェア。わざわざ手の込んだうっすらメイクをしてヨガのポーズを決めている姿。「すみません」しか言えない私。みんなと一緒に楽しく過ごせない私。「東京のカッコイイ私」は、大阪ではものすごく格好悪かった。

2

難波から和歌山へ、泉南《せんなん》と呼ばれる地区を走る南海線と並行するように、〝旧の二十六号〟と呼ばれる幹線道路がある。宅配業者の人も郵便局の人も、皆が〝旧の二十六号〟と呼んでいるので正式名称はわからない。

旧の二十六号沿いには、スーパー玉出《たまで》とＭＥＧＡドン・キホーテがある。海沿いには岸和田カンカンという映画館が入った巨大なショッピングモールがある。買い物には困らない便利な町だ。

沙由美は着替えだけが入った軽いスポーツバッグを肩に、旧の二十六号沿いをぼんやり歩いていた。足元に無数の煙草の吸殻が散らばっていた。

駅前の踏切を渡り商店街を進む。海辺の工業地帯から金属の臭いが漂う。弛《たる》んだ電線がそこかしこに走る空を見上げた。

怒鳴り散らすような挨拶の声。日本語のレゲエを大音量で流しながら進む車。吠え続ける雑種犬を荷台に乗せた軽トラック。路上喫煙に厳しい令和のこのご時世に、咥え煙草に大声で電話をしながら歩く人たち――。

頭がくらくらするほど騒々しい場所だ。

東京では決してこんな光景はありえない。心の中でそう呟くたびに、その場にへたり込んでしまいそうな無力感を覚えた。

と、ふいに甲高い声が聞こえた。

「ねえ、そこのお姉さん、ちょっとこっち見て！」

周囲を見回す。商店街の狭い道をずいずい進み、その間を自転車が猛スピードで走り抜けている。

「そっちちゃう、向かいの店！　レディースショップよし美！　見て見て！」

道の反対側の古びた洋品店に目を向けた。店先で、花柄のシャツに白いパンツ姿のおばちゃんが両腕を振り回していた。

沙由美は周囲を見回した。おばちゃんの視線は沙由美ひとりに注がれている。

そんなはずはない。そう思いながら自分の鼻先を指さした。

「そうそう！　あんた！　あんた以外、誰がおんねん⁉　なあ、どっちがええと思う？」

おばちゃんはアニマル柄のトップスを二枚、代わる代わる身体に当てた。大きく手招きされて、恐る恐る店に近づく。

「こっちヒョウ柄で、こっちはライオンの顔やねんな。ほんでこっちは水玉みたいなぶっさいくなヒョウ柄やねんけど、ラメぎょうさん入ってて後ろのとこにほらこれ、尾っぽついてんねんな。どっちも千円やて。お得やんなあ」

おばちゃんはまるで店員のように手際よく商品の特徴を沙由美に示した。

「は、はあ……」

沙由美は心の中でうわっと顔を顰《しか》めた。

尋常ではないくらい馴れ馴れしくて、声が大きくて、いったい誰が着るんだというような派手なヒョウ柄の服を好む。こちらに来てから出会った中でいちばん強烈な〝大阪のおばちゃん〟だ。

「若い人の意見聞きたいわあ。どう思う？　どっちがええやろなあ」

「えっと、どっちと言われましても……」

思わず口に出した瞬間、まずい、と思った。

「えっ？　お姉さん、ここいらの人とちゃうの？」

おばちゃんの顔色がさっと変わった。大黒さまのような垂れ目に、事情を訊きたくてたまらないという好奇心がきらりと宿る。

「すみません、ちょっと急いでるんで！」

逃げるようにその場を飛び出した。心臓が喉のあたりまでせり上がってきてばくばく鳴っている。踏切を駆け戻り早足で進むうち、気付くと旧の二十六号沿いのドン・キホーテに迷い込んでいた。

ドン・キホーテの店内にはお馴染みの音楽が流れている。この音楽だけは東京と同じだ。狭い通路を彷徨《さまよ》い歩き息を整える。

だけど後ろを振り返ると、そこにおばちゃんが立っていた。

「わっ！」

「あっこからドンキまで裏道あんねん。知らんかった？」

おばちゃんが得意げな顔で背後を指さした。

沙由美は百六十五センチの自分より頭一つ分背が低いおばちゃんの姿を、まじまじと見つめた。明るい茶色のパンチパーマのような「おばちゃんパーマ」のせいでずいぶん高齢に見えたが、肌艶が良いのでほんとうの年齢は六十になるかならないかくらいだろうか。

「お姉さん東京の人やんな？　東京弁やったもんな？」

おばちゃんは前のめりで沙由美を見上げた。

東京弁って何？　と思う。私は「てやんでい」とか「あたぼーよ」とか言っているわけではないのだ。私の言葉はただの〝標準語〟だ。

「はい、そうです。東京です」

沙由美は言いたいことをぐっと飲み込んで、ごくりと喉を鳴らした。

「東京どこ？　真ん中らへん？　渋谷とか原宿とか新宿とかそのへん？」

生まれたのは府中で、結婚してから住んでいたのは太子堂だ。だがどちらの地名も、きっとこのおばちゃんにはわからないだろう。

「……三軒茶屋の近くです」

「はああ、三軒茶屋。聞いたことあるようなないような……」

「渋谷まで、五分くらいです」

「なんや渋谷近いやん！　早う言うてよ！」

おばちゃんの顔がぱっと輝いた。

「ちょっと教えて欲しい事あんねん。今、暇やな？　コーヒーおごったげるから、そこ入らへん？」

おばちゃんは斜めがけしたバッグから鈴のついた黄色い蛇柄の長財布を取り出すと、「ああ、よかったわ。こんなとこに東京の人おんねんなあ。地獄に仏や」と、大きな声で呟いた。

3

「あんな、渋谷からぞうしがやおおくら、の行き方教えてくれへん？」

頬と首の色がまったく違う厚塗りに、ショッキングピンクの口紅、細い吊り上がった眉毛、紫のアイシャドウ。

いったい何十年前のメイクなのだろう。ああ、せめてファンデーションを選んであげたい、と元美容部員の血が騒ぐ。

イヤリングはコートのボタンみたいな形をしたヒョウ柄のフェルトだ。色鮮やかな花柄シャツの胸元に、大きなクジャクのブローチがある。サテンの花柄の光沢とブローチのきらきらとが完全にぶつかって、目がちかちかした。

おばちゃんは財布の中から小さく折りたたんだメモ用紙を取り出した。

〝池田泉州銀行〟と印刷されたメモ用紙には、「渋谷→下北沢→祖師ヶ谷大蔵。17分、283円」と書いてある。

「小田急線の、そしがやおおくら、ですね。雑司が谷は副都心線の駅です」

「読み方なんてどうでもええねん。年寄り相手に憎そいこと言わんといて」

おばちゃんが早口で沙由美の言葉を叩き落とした。

沙由美はうっと黙った。それが人に物を頼む態度か、とむかむかと苛立ちが込み上げる。

「……じゃあ、えっと、そこに書いてあるとおりでいいと思いますよ」

雑な答えだとわかっていたが実際その通りだ。美容部員として働いていたときのように丁寧な作り笑いを浮かべてメモ用紙を指さした。

「そんなんわかっとるわ。うちのお父さんがパソコンで乗換え調べてくれたんやから、これはこれで合っとるの」

ぴしゃりと言い切られる。お父さん、というのは父親ではなく旦那さんのことだというのが口調でわかった。

「……す、すみません」

反射的に謝ってしまう。けど、なんで私が怒られなくてはいけないんだ。

「わたしが知りたいのは、ほんまにこれおばちゃんでも十七分で行けるんか、てことなんよ。絶対無理やろ。だって春木の駅でも、踏切のこっち側とあっち側とで五分くらい時間変わるやろ？これ十七分言うたって、渋谷駅のどっから始めてんの？」

「そんなのこのメモだけじゃわかりませんよ」

おばちゃんの顔がみるみるうちに残念そうになる。口をあんぐり開けて眉を下げて、子供が泣き出す寸前のような悲痛な顔だ。

「えっと、ホテルはどこに泊まる予定ですか？」

おばちゃんの悲しそうな顔はものすごい圧力だ。思わず気を取り直して質問する。

「あああ、やっぱそれ大事やんな？　今、書類持ってへんねん。失敗したわあ。どないしよ。ホテル、わからへん？　建物白くてな、駅から徒歩十分以内で、朝食付きで一万円くらいのとこ」

「さすがにそれだけじゃわからないですよ」

おばちゃんは、ええっ！　と目を剝いた。

「なんで何もわからんの？　あんたほんまに東京の人？」

沙由美は息を止めた。おばちゃんの顔をまっすぐに見つめる。

それを言うのか、と思った。私はもうとっくに東京の人ではないのだ。けれど大阪の人にもなれないままここにいる。

いきなり涙がぶわっと溢れ出した。

「ええーっ!!」

おばちゃんがまた目を剝いた。椅子から転がり落ちそうに身を引いて仰天してみせる。

「どないした!? どっか痛いとこあるのん?」

おばちゃんが目にも留まらぬ速さで、バッグの中からティッシュを取り出した。

「はいこれティッシュな。子供やないねんから、自分で拭けるな。あとほらこれ、飴ちゃんあげよか。もういっこ、にこあげるわ」

おばちゃんが沙由美の掌の中に次々にのど飴を捻《ね》じ込んだ。

「なんか悩んでることあんなら、おばちゃんに言うてみるか？ あんまし溜め込んだらあかんよ。人に話すと、そんだけで結構楽になんねんで」

見ず知らずの人に甘えるなんて嫌でたまらないのに、涙は後から後から流れ出す。

――悔しい。

沙由美は貰ったティッシュで涙を拭いた。洟《はな》をかむ。お線香の香りがした。


ちょうど一年前、夫の真治は独立した。耳慣れない外資系保険会社の商品を売る、完全出来高制の個人事業主になったのだ。

真治は大阪出身で、都内の有名私立大学を卒業して国内大手の証券会社で働く有能なサラリーマン……のはずだった。

友人の結婚式の二次会で、新郎の大学の同級生として紹介された。皆の話を熱心に聞いては、絶妙なタイミングで勢いよく笑う明るい男だった。

そんなに面白いことを言ったつもりがなくても、いちいちこれでもかというくらい楽しそうに笑ってもらえると悪い気はしなかった。すぐに意気投合してデートを重ねるようになった。

出会った場所が場所なので、最初から将来を考える相手として意識していた。一年ほど交際してから二十七歳で結婚した。

それから三年。沙由美は美容部員の仕事をしながらヨガのインストラクターになるという夢を胸に、幼い頃から慣れ親しんだ東京でたくさんの女友達に囲まれて毎日忙しく暮らしていた。

真治のほうもとにかく仕事が忙しくて、平日に夕飯を家で食べることはまずない。接客業の沙由美は必ず土日出勤なので、夫婦で一緒に過ごす時間はほとんどなかった。

けれど沙由美は、そんな程良い距離感が心地よかった。

喧嘩をするのは疲れるし、休日にだらしない姿を見せて幻滅されるのは嫌だった。

家の中は常にきちんと掃除して、徹底的に物を置かないホテルの部屋のような空間を保った。

結婚してすぐに美容外科で眉とアイラインと唇のアートメイクをしたので、家の中で、妖怪みたいなノーメイクの顔を見せることにもならずに済んだ。

ごくたまに予定を合わせて夫婦で出かけるときには、うんとお洒落をして高級なお店に行って恋人同士のような気分になった。

そんなクールな夫婦関係がいけなかったのか、真治が沙由美に独立という大事なことを打ち明けたのは、ひき返せないほど話が進んでしまってからだった。

「フルコミッションっていうのは当たると大きいんだよ。年収数千万円って人もざらにいる世界だからね。自分の能力を正当に評価してもらえるんだ」

真治は沙由美を安心させようとするかのように、淀みのない標準語で説明した。

「年収数千万……?」

聞いた言葉をそのまま繰り返したら、胸の中をざらりとしたものが通った。

あのとき沙由美は嫌な予感、というものをはっきり感じていたのだ。

けれどそう口に出すことはできなかった。

「私、今のままでもじゅうぶん幸せだけど……」

一度だけ、意を決して言ったことがある。

「俺はこのままじゃ嫌だな。これで終わりたくない」

返ってきた言葉の強い響きに驚いた。

真治のことが急に遠くに感じられた。

揉《も》め事は嫌だった。感情を剥き出しにして泣いたり騒いだりする夫婦なんて、すごくかっこ悪いと思っていた。

真治は、何があっても今の生活レベルを落とすようなことはしないと約束してくれた。ならばお互い自立した大人だ。余計な口を出さずに見守ろうと決めた。

それから真治の帰りは前にも増して遅くなった。

帰宅が日をまたぐことも多く、出張と称して急に数日家を空けることも増えた。

新しい仕事はいったいどんな状況になっているのだと聞きたくても、話し合う時間なんてどこにもなかった。

寂しさを感じなかったはずはない。けれど沙由美も意固地になった。

忙しい夫に構ってもらえないことを嘆きながらひたすら帰りを待ち続ける、なんて湿っぽい性格ではない。競うように予定を入れた。

美味しいものを食べながらお喋りをする女友達は山ほどいる。映画も演劇もコンサートもジムもヨガスタジオも、すべてが最新の流行の形で揃っていて、休みの日にひとりで時間を潰す方法はいくらでもあった。

「沙由美、ごめんやけど」

その日、珍しく早い時間に戻ってきた真治は、見たことのないくらい真っ白な顔をしていた。

「えっ？　どうかしたの？」

なんだか不思議な言い方だな、と思ったところで、真治はがっくりと項垂《うなだ》れて「あかんわ、ここまでや」と細い声で言った。

真治はカード会社と消費者金融に、数百万円の借金をしていた。利子が嵩《かさ》んで雪だるま式に膨れ上がった借金は、今では正確にはいくら返せばいいのかさえわからなくなっているという。

ここで闇金融に手を出したらほんとうに破滅してしまうと思った。そう真治は憔悴しきった様子で語った。

「そんな大金、いったい何に使ったの？」

さすがに顔色を変えて詰め寄った。もしも他に女ができたという話だったら、ただじゃ済まないぞ、と身構えた。

真治が萎《しお》れ切った顔で口を開いた。

「……生活費」

涙交じりの声だった。

「はあっ!?　どういうこと?」

思わず身を引いた。背筋が冷たくなった。

家事全般は沙田美が担う代わりに、生活費は真治が払ってくれていた。毎月、二人の共有口座に世間一般の夫婦二人暮らしの平均よりはるかに多い金額が入金されていた。

自分では到底稼げないようなその金を、沙由美は少しも遠慮することなく毎月涼しい顔で浪費してきた。

「……言えなかったんだ。沙由美、俺が独立するのほんとうは嫌がっているのわかってたから。ずっと、うまく行ってるふりせなあかんて」

真治の顔が歪んだ。

「沙由美、ほんまごめん。もう俺らおしまいやんな」

両手で顔を覆ってしゃがみ込む真治を前に、沙由美は息を呑んで黙り込んだ。

五百万近くまで膨らんでいた借金は、結局真治の両親が全額立て替えることになった。

「息子の不始末はすべて親の責任ですさかい。沙由美ちゃんしんどい思いさせてほんまにごめんな。けど、どうか、どうかあの子、見捨てんといてくださいな」

電話口で涙ながらにそう言った義母のことを話すと、沙由美の女友達は皆、「なんて素晴らしいお姑さん！」と絶賛した。

沙由美自身も義理の両親がまさかここまで完璧に尻拭いをしてくれるとは思わず、真治への怒りと失望の持っていきどころを完全に失った。

何も知らずにひとり「カッコイイ生活」なんてものを楽しんでいた自分を反省する以外になか

った。

だから、だから――。

「地元岸和田に戻り、実家のタオル工場を継ぐこと」という両親が真治に課した命令に逆らう余地がまったくないことは、沙由美にもよくわかっていた。

「そりゃ、あんたがあかんわ。ぜんぶあんたが悪い」

おばちゃんはのど飴をころころと舐めながら、沙由美の顔を真正面から見て言った。

「私が、ですか⁉」

素っ頓狂な声が出た。後悔の念は心の中で幾度も繰り返した。自分のことを散々責めた。だから沙由美は真治と一緒にここへやって来たのだ。

だがまさか、赤の他人から沙由美に全責任があると言われるなんて考えたこともなかった。

「せやで。旦那があかんくなってんの、お嫁さんがほっといてたなんて話あるかいな。おかしいと思たら、何ですぐに言わへんの？　そんな怪しい仕事したらあかん、あんたが数千万とか稼げるわけあるかいな、て言わんかったの？」

絶句した沙由美の顔をおばちゃんはまじまじと見て「なんやその顔」とふんっと鼻を鳴らした。

「夫の不始末は嫁の責任ですか？　今はそんな時代ちゃいます？　あかんあかん！　おばちゃん、そんなちっちゃいこと言うてへんのよ」

「私、何も言っていません」

首を横に振る。

「顔に書いとるわ」

沙由美の鼻先をびしりとまっすぐに指さした。

「顔に、ってそんな」

「ああもう、その話、やめとこか。せっかくのコーヒーまずなる。のど飴もまずなるな。ほな明日二時に、もっかいここ来といて。ホテルの書類持ってくるわ。お兄さん、ここおあいそお願いしますう」

おばちゃんが机の上の伝票を取って、頭の上で振り回した。

「明日、ですか？　明日はちょっと……」

「なんで？　あんた働いてへんのやろ？　若い人が一日中家ん中でごろごろしてたら、頭悪なんで」

「いや、いろいろ家のことをやらなくちゃいけないんです」

どうにかしてこのおばちゃんから逃れる術はないかと考える。

「そんなん、早起きして済ませたらええやんけ。ほな明日二時な。おばちゃん、ホテルの書類ちゃんと準備して、ここであんたのこと待っとるよ！」

叱りつけるように言い放つと、沙由美を置いてさっさと席を立った。

4

「ただいま、ああしんど」

真治が肩を回しながら二人で暮らすマンションのリビングに入ってきた。真新しいがあちこち汚れた作業着姿だ。沙由美の姿に気付いてはっと口を噤む。

「ああ、今日は疲れたなあ。デスクワークに慣れちゃってると、立ち仕事っていうのは地獄だね。身体中、全部痛いよ」

沙由美と話すときだけは〝東京弁〟だ。

真治はここから車で五分のところにある実家の敷地内のタオル工場で、修業中の身だ。パートさんたちに混じって機械のラインに立ち、流れてくる製品の中から不良品を選り分ける作業をしたりしているらしい。

「ヨガ教室、どうだった？　中目黒のスタジオとはずいぶん違ったでしょ」

真治が冷蔵庫からビールを取り出した。プルタブを引き、喉をごくごく鳴らして飲む。

「帰りに商店街で、知らないおばちゃんに会ったよ。ドンキの喫茶店でコーヒー奢ってもらった。渋谷駅の乗換えにかかる時間を知りたい、って言われたの」

「何それ。とんだ災難だったね」

真治が肩を竦《すく》めた。

「うん、すごい疲れた。大阪の人って、なんか距離の取り方が近すぎるよ。ざっくばらん、とか格好つけてない、とかじゃなくてさ、相手の気持ちぜんぜん考えてない気がするんだけど」

明日もう一度あの喫茶店になんて行くもんか、と思う。

真治がビールを飲む姿を見ていたら喉が渇いてきた。

私も一緒にビールを飲もうと冷蔵庫へ向かった。

「……沙由美がこっちの雰囲気に馴染めないの、すごくわかる気がするよ」

「えっ？」

真治の言葉に僅かな棘を感じた気がして振り返った。

「食事の前に風呂に入ってくるね。夕方、荷下ろししたから、結構、身体が汚れてるんだ」

真治が黒っぽくくすんだ掌を見せて立ち上がった。長いため息を吐く。

「あんまり辛いようなら、沙由美だけ東京に帰る、って選択肢もあるかもしれないよ」

口を開きかけた沙由美に、真治は、首を横に振った。

「ごめん、深い意味はないから。ただ思いついたことを言っただけだよ。疲れてるんだ」

有無を言わさない冷ややかな口調に、沙由美はぐっと言葉を呑み込んだ。

「……うん、わかった。おつかれさま」

力ない声で答えた。

バスルームのドアが閉まる音を聞いた途端に、テーブルに突っ伏す。

あともう少しだけ話したかったのに。そんなつもりで言ったんじゃないのに。

涙ぐんで暗闇を見つめていると、引っ越しの日の光景が胸の中で蘇った。

「東京なんて、もううんざりだよ。良い思い出なんて何もないな」

羽田空港のベンチで、真治は吐き捨てるように言った。

――そんなの酷い。酷すぎる。

東京は私が生まれ育った大事な故郷だ。真治が東京に来たおかげで、私たちは出会い結婚することができたのだ。そんな場所を「もううんざり」だなんて。「良い思い出は何もない」だなんて。

まるでこれまでの人生を、すべて否定されたような気がした。

さすがに喉元まで文句が出かけたが、ここで何か言ってしまったら、凄まじい喧嘩が始まるのはわかっていた。きっと沙由美がわんわん泣き出すまで終わらない気がした。せっかくの新生活を始める日に面倒を起こしたくはなかった。

　沙由美はテーブルにぺたんと片頬を押し付けた。長い長いため息が漏れた。

5
「ほなら新南口、と南口、ってどう違うん？」

「新南口は新しくできたほうで……」

「そんなん字ぃ見たらわかるわ！」

　笑いながら鋭く言い返された。どきんと胸が鳴るが、ぐっと堪《こら》える。

　叱られたような、馬鹿にされたような気がした。けれどおばちゃんは少しも敵意のないご機嫌な顔だ。

　きっと今のが大阪特有の文化である〝ツッコミ〟に違いない。

「まだ説明の途中です。この新南口は、南口と違って比較的人が少なくてわかりやすいはずです。ので、ここを目指して……」

　負けてたまるか。東京の真ん中で長年接客業を続けてきた私なら、何を言われても笑顔で対応できる。

　沙由美は涼しい顔で受け流すと、明治通り沿いのホテルから渋谷駅までの道のりを紙ナプキンの裏に描いてみせた。調べておいた徒歩での所要時間も書く。

「ほなら、これ見てもわからへんくなったら、道歩いてる人に聞けばええね」

　おばちゃんが、沙由美の描いた地図を覗き込んで嬉しそうに言った。

「はい、そうですね。そうしていただくのがいちばんいいと思いますよ」

口元だけにこっと笑ってみせた。

現地で誰かに聞くという選択肢があるんだったら、最初からそうしてくれればいいじゃん！

と心の中で思わず呻く。

ここへ来るつもりはなかったのだ。

だがマンションの部屋にいながら、ホテルの書類を持って喫茶店で沙由美を待っているおばちゃんの姿を想像するのは、さすがに気が滅入った。

「ほなら、ありがとう。おおきにね。ケーキ好きなの食べて。あ、ここコーヒーゼリーもあんで。メロンソーダとかコーラフロートとかもできる言うてたわ」

おばちゃんがべたついたメニュー表を開いて、沙由美に押し付けた。

「えっと、じゃあ、コーヒーゼリーを」

「ほんまにええのん？　コーヒー飲みながら、コーヒーゼリーでほんまにええのね？」

念押しされて若干後悔したが、今さら後に引けず「大丈夫です。コーヒー大好きなんです」と答えた。

すぐにラップで覆われたコーヒーゼリーが二つ運ばれてきた。

おばちゃんはラップを剝がしながら、くつくつ笑いが抑えられない、という顔をした。

「おばちゃんな、今度テレビ出んねん。ＣＭ、ってわかる？」

「えっ？」

いきなり何を言い出すんだと目を丸くする沙由美に、おばちゃんは心底満足そうに大きく何度も頷いた。

「せやろ。信じられへんやろ。わたしも最初信じられへんかったんやけど、ほんまや。祝《いわい》ビール知ってるな、知らん人おらんな？　あっこの祝飲料のＣＭ出るんや」

「……芸人さん、でいらしたんですか？」

「芸人ちゃうわ。タレントや！」

　おばちゃんが間髪容れずに言った。

「こう見えてな、わたし芸能プロダクションに所属してますん。小畑《おばた》とし子、って本名でやってるれっきとしたタレントですねん。こないだ梅田でオーディション受けてな、あんたがイメージにぴったりや、って。もうその場で即決や。何月何日空いてますね、ほなら朝の八時にスタジオ来てくださいね、ってな」

「どんなＣＭなんですか？」

　何が何だかわからないまま、沙由美は身体全体を引きながら質問した。

「それがいっこも知らされてへんねん。うちの社長の方針でな。あんたらはあくまでも自然にやってもらわないけませんから、家で練習とかされるともうあきまへんよ、って。撮影のときは、いっつも何も知らんで行くことになってますのん」

　なんだそういうことか、とようやく納得した。エキストラのアルバイトのことだ。通行人やお店の客、など、テレビ画面に映る役名のない人たちだ。

「ＣＭに出るんですか。それはすごいですね」

　沙由美は急に優しい気持ちになって、穏やかに相槌を打った。

「せやろ。すごいはすごいんやけど、お姉さんが思ってるほど儲からへんのよ。新幹線でも飛行機でも東京行くの、往復で三万くらいかかるやろ？　そんでホテル代、食事、お土産も買うたら、結局五万くらいの大赤字や。毎月事務所にレッスン代も払うてるし、ほんまもう出ていくばっかしやわあ」

つまり交通費や滞在費は自腹で、エキストラのギャラはないに等しいのだろう。悪徳芸能商法――。そんな言葉が沙由美の脳裏を過《よぎ》る。

華やかな世界に憧れる人に芸能活動を斡旋すると謳いながら、その実は高額なレッスン料を払わせて、ほぼノーギャラで都合よく使う。竹下通りあたりには、今でも都会に憧れて上京したばかりの地方出身者を狙った、そんな悪徳事務所のスカウトがうようよいる。

仕事とは労働に対してお金を貰うものなのに、なぜかこちらがお金を払わされる。詐欺の典型的な手口だ。お金にがめついイメージの大阪のおばちゃんでも、海千山千の都会の詐欺師の手にかかれば、案外ころっと騙されてしまうのかもしれない。なんだか気の毒だな、と思ったそのとき。

「あんた、うちのこと、悪徳プロダクションに騙されとるとか思ってんねんやろ?」

おばちゃんがふいに顔を上げて、ぎろりと沙由美を見据えた。

沙由美は身を強張らせた。

「うちのお父さんも最初、ごっつ怒ってはったんよ。自分のツラ見てみ、目ぇ覚ませや、ってな。田舎者やと思って騙されとるんやで、なんでわからへんのや! って。だからわたし、応えてんねん」

おばちゃんが両手をテーブルの上について、沙由美にぐっと顔を近づけた。

「ほなら死にます、ってな」

おばちゃんがすっと息を吸った。

死にます。

いきなり飛び出した不穏な言葉に、沙由美は目を見開いた。

「こんな毎日もう嫌や。ここでずっと腐って生きとるのもう嫌や。なんでこんなことになってしもたんやろ、とかつまんないこと考えて生きるのはもう嫌や」

おばちゃんの瞳に力が宿り、唇が固く結ばれた。

「結婚してから三十年近く、あんたもわたしも人様に迷惑かけずに真面目にぎょうさん働いてきましたやろ。こんくらいのお金でちっちゃいこと言いなさんなや。お金、楽しく生きるために使わんでどないすんの？　死んだら葬式代にしか使えへんのよ？　ってな」

おばちゃんが、お札をぱっと空にばら撒く仕草をした。

「おばちゃん死んだらあかんで。家族泣くで」

隣のテーブルから、鼠色の作業着姿のおじさんがいきなり口を挟んだ。ソファにふんぞり返るように座り片耳にイヤホンを差して、スポーツ新聞に赤鉛筆で書き込みをしている。

「せい、せい、わかってますう。おおきにね」

おばちゃんはおじさんのほうを見ずに、アイスコーヒーを一息に飲み干した。

「……あとな、ラジオぜんぜん聞こえへんから、声もっと落としてんか」

おじさんが何の遠慮もない調子でぼそっと付け加える。

「あらあ、えろうすんまへん。今、このお姉さんに大事な話、してましてん」

おばちゃんがにこやかに応えて、掌をぱたぱたと動かした。

「せやな。ぜんぶ聞こえてたわ。けど気になってしゃあないわ」

「せい、せい」

知り合いのような気安さで応えてから、おばちゃんは何事もなかったように沙由美に向き合った。

「あんな、うちほんまに楽しみなんよ。東京行ってな、ハチ公とか東京タワーとかスカイツリーとか行ってな、買い物してな、そんで、ばあってライト浴びて撮影すんねん。なんか夢みたいや。いっつも東京のこと考えて、今度はどんな楽しいことあんのやろとかふわふわ思っててん。こんな嬉しい気持ち、五万や十万そこらじゃぜったいに買えへんのよ」

内緒話を打ち明ける声だ。両頰を掌で挟んで長いため息をつく。おばちゃんの頰は十代の娘のようにピンク色に染まっている。

「うち騙されてもええんよ。お金少しぐらいなくなってもええんよ。けどほんまに死にたないんよ。死にたいと思いながら生きたないんよ」

沈黙が訪れた。ドン・キホーテのテーマ曲だけが聞こえる。

「あんた、ほら、なんか言ってよ。黙ってられると恥ずかしいわあ」

おばちゃんが急に照れ臭そうに笑った。指にはめた立爪の大きなオパールの指輪をくるくる回す。いかにも高価そうだったが、とんでもなく昔のもののようで、オパールはひどく傷だらけで曇っているのがわかった。

おばちゃんの手の甲は荒れていた。目立つ傷がいくつもあり日に焼けて真っ黒だ。短く切り揃えられた爪はボコボコしていて、泥の色が染み込んだように黄ばんでいた。

何十年も真面目に働いてきた手だ。

「あ、あの、えっと……」

沙由美は咳ばらいをした。

「東京のことで、わからないことがあったら何でも聞いてください」

地図を描いた紙ナプキンの裏に、自分の携帯番号を手早く書き留めた。

「すぐにはわからなくても、調べます。実家もあるし、友達もいるし、ネットもあるし、きっと私、東京のことなら何でもわかります」

勢いよく紙ナプキンを差し出すと、おばちゃんの顔がぱっと華やいだ。

「ほんまにええの？　そしたら、東京行って困ったことあったらすぐ電話するわ。ああ、助かった。東京のお友達ひとりもおらへんから」

お友達。

沙由美は心の中でおばちゃんの言葉を繰り返した。

「姉ちゃん、こっちのおばちゃんしつこいで？　ほんまに番号教えてええんか？」

隣のテーブルのおじさんが笑う。

「失礼なこと言わんといてくださいな。ああ、嬉しいわあ。東京の人ってケータイの番号090じゃないねんな。ぜろなぜろ……とか初めて見たわあ」

おばちゃんが紙ナプキンを大事そうに胸に当てた。

「おばちゃん、それ東京の番号とちゃうで。会社違うだけや」

「え、ほんま？　市外局番みたいなもんやないの？」

「ケータイに市外局番あるかいな」

「ほならこのケータイの会社、東京にしかあらへんね」

「んなことないわ、こっちにもあんで。旧の二十六号に店いっぱいできとるやろ。あのどっかや」

「へええ、よく知ってはりますなあ」

「孫がカンカンでケータイ売ってんねん」

「あらあ、おっきいお孫さんおんねんな。お若く見えますさかい」

「ほんまか、おおきに。気分ええわあ」

6

「今日もドンキの喫茶店でおばちゃんに会ってきたよ。ホテルから渋谷駅までの道のりを調べて、地図も描いてあげたの」

沙由美の言葉に、真治が口に運びかけていた缶ビールの手を止めた。うちの冷蔵庫に常備されていたのは〝祝飲料の祝ビール〟だったと気付く。

今日の真治は仕事の愚痴を一切言わない。背中を丸めて黙ってビールを飲む姿は、いつにも増して疲れて見える。職場で何かうまくいかないことがあったに違いなかった。

「……そのおばちゃんって、どんな人なの？」

真治はさほど興味がなさそうに訊いた。

「なんかたくましかった。いかにも〝大阪のおばちゃん〟って感じ」

沙由美はキッチンでシチューの鍋を温めていた。

真治がふっと苦笑いを浮かべた。額に掌を当てる。

「俺、〝大阪のおばちゃん〟って、すごく苦手なんだよね」

胸の中で、こつん、と音が鳴った。

「お喋りだし、声でかいし、派手だし、金に汚いし、下品でしょ。あの人たちってさ、自分のこと何から何までべらべら喋るし、他人のことも詮索ばっかりするからさ。俺、大阪のそういうとこ、すごい苦手で……」

真治は心底うんざりした顔で首を横に振る。

沙由美は大きく息を吸った。

「はあっ!?　あんた何なん？」

力いっぱい叫んだ。

「へっ？　沙由美？」

真治の声が裏返った。

沙由美はコンロの火をぷちんと消すと、腕組みをして真治に向き合った。昼間のおばちゃんの早口の大阪弁が、胸の中でくるくる回る。

「あんた、うっさいねん！　こんなふうになったの、ぜんぶあんたのせいやねんか！」

「や、やめて。きしょい大阪弁使うなや。さぶいぼ立つわ」

真治が顔を歪めて、ぶるりと身を震わせた。

「なんでやねん!!」

大阪弁の超定番フレーズを、力いっぱい言い切った。

「自分だってきしょい東京弁使ってるくせに！　変な大阪弁使うなや、とかなんでそんな意地悪言うの？　心狭すぎだよ！」

キッチンタオルを、真治に向かって力いっぱい投げつけた。真治はひゃっと叫んで飛び退いたが、汚れた水を滴らせたタオルは作業着の胸元にびたんと命中した。

「東京で私が、真治の喋り方笑ったことあった？　こっちの言葉の真似されるの気持ち悪い、なんて言ったことある？　東京はね、すごく優しいんだよ。大阪なんか目じゃないくらい人情の街なんだよ。東京は、言葉も文化もぜんぜん違う人のことをいつだってしっかり受け入れてくれる、日本一優しい場所なんだよ！」

真治がむっとした顔をした。

「東京が優しいなんてことあるかいな！　あんなかっこつけたとこ、ぜんぜん優しないわ」

「いつもさんざん大阪嫌いって言ってるくせに、こういうときは大阪の肩持つんだ。『ちゃいまんねん、東京より大阪のほうがごっつええとこですねん！』って？」

「なあ、沙由美、こっちの人らのこと、あんまし馬鹿にすんなや。ふざけすぎや」

「ふざけてないよ！　ぜんぜんふざけてない！」

沙由美は真治の手から祝ビールを奪い取って、ぐびりと一口飲んだ。

「私、本気なの。本気で生きてるの！　これからずっとここで、自分のこと格好悪いって思いながら暮らすのは嫌なの。こんな毎日もう嫌！　ここでずっと文句ばっか言って生きてるのもう嫌！　なんでこんなことになってしもたんやろ、とか、ずっと考えて生きて行くのは、もう嫌なの！」

その場で膝を抱えた。大粒の涙が鼻先からぽたぽたと落ちる。

東京に帰りたい、と心から思った。恋しいのは都会の綺麗な街並みでもなければ、お洒落な若者の姿でもなく、流行のスイーツの店でもない。ただ同じ言葉を喋る人々が恋しかった。

ほんのささいな言葉の選び方、間の取り方、笑い方、すべてがわからないこっちの世界は怖かった。

少しずつ年齢を重ねて、小さな苦労を重ねて、人との間で平和に生きる方法を探ってきたはずだった。それなのにここでは今まで積み重ねてきた経験のすべてが消えてしまった。

「……沙由美、ごめんな。いきなり知らんとこ来て、たいへんやんな」

気付くと真治が隣にしゃがみ込んでいた。

「けどな、いっこだけ言わせて。なんでやねん、の言い方ちゃうねん。なんでやねん、じゃなくて、なんでやねん、やから。そっから覚えよか」

沙由美は顔を上げた。真治が眉を八の字に下げて困ったような顔をしている。

「……私、ちゃんとそう言ったけど」

「いや、ちゃうちゃう。なんでやねん、やて。もっかい言うてみ？　なんでやねん、や」

呆気に取られた気持ちで、真治をじっと見据えた。この会話は絶対におかしい。

私たちは真剣な喧嘩をしている最中なのだ。妻が夫に濡れたタオルを投げつけて、大声を出して泣き崩れているところなのだ。

大阪弁の発音なんてものは今、誰も聞いていない。

「ねえ、真治もこうだった？　初めて東京来たとき。こんなふうだった？」

思わず訊いた。

自分のこと格好悪いと思った？　不安でいっぱいだった？　ここで生きていていいのかわからなくなった？

夫の顔をまっすぐに見つめた。

真治はしばらく黙ってから、力を抜いて笑った。

「……大阪ってな。おもんないとあかんねん。勉強できても顔良うても、おもんない奴は相手されへんねん。こっちの人と話してるとな、いっつもおもろいこと言わなあかんって、つまんない奴って思われたらあかんって緊張すんねんな」

襟足を掻きながら、はあっとため息をつく。

「そういうの嫌で東京出てきたはずやけど、いっくら頑張っても言葉がちゃうやろ。そんで聞かれて岸和田出身ですとか言うと、相手、だんじりの町ですねとか不良の映画ありましたねとか言うて、うわって目ぇ輝くんや。この人大阪出身やから何かおもろいこと言うんちゃうか、って期待してんのわかんねんな。めっちゃしんどかったわ。大阪の人って決めつけて誰もぼくのこと、ちゃんと見てくれへん」

真治が寂しそうに笑った。沙由美の頭に手を置いて、くしゃっと撫でる。

別の人みたいだ、と思った。私が東京で出会って結婚した真治と、今、目の前にいる真治とは、まったく別の言葉を話して別の心を持った別の人だ。

けれど大阪弁の響きは聞いたことがないくらい暖かくて、血の通った温もりを感じた。

「……ねえ真治」

沙由美は床に落ちたタオルを拾って立ち上がった。しばらく考えてから、うんっと頷く。

「私たち、もっといろいろ話そう。大阪弁でも東京弁でも何でもいいやねんから、つまらへんことでも何でもええやねんから、ぎょうさん話そうやねん！」

「ねえ、それ、ほんまやめて」と、真治が眉間に皺を寄せて、首を横に振る。

「やめへんよ。うち、大阪弁、練習するんやねんから。ものごっつ真剣に、ものごっつ真面目に、勉強するんや。あんたが付き合うてくれへんかったら、他に誰がおるん？　誰もおらへんよ。しっかりしいや！」

沙由美は真治の背中を渾身の力で叩いた。

7

「こんにちはあ。正岡さん、今日のウェアもそれええなあ。どこに売っとるん？　そんなんドンキに置いてへんよね？」

早めにスタジオに入ると、先生がストレッチをしながら笑顔を向けた。

沙由美は鏡に映った自分の姿にちらりと目を向けた。胸下に切り替えがあり、お尻が隠れる長さのトップスだ。地味なグレーだったが、胸元と背中が深く開いているので華やかだ。それでいてスポーツウェア特有の、色気を一切排除したストイックな雰囲気もあるお気に入りだ。

「ネットで買いました。ところで先生、ちょっといいですか？」

「はい、ええですよ。何？　何か困ったことあった？」

沙由美は大きく息を吸い込んだ。

「実は私、東京から来たばかりなんです」

先生はきょとんとした顔で「そんなん知っとるよ。正岡さんとこの奥さんから申し込みの時に聞いたわ。デパートで化粧品売ってはったんよね」と答えた。

義母はそんなことまで喋っていたのか、とうっと息を呑む。気持ちが折れそうになる。だが拳を強く握って、負けるな、と自分に言い聞かせる。

「だから。だから、ってわけでもないんですが。いや、だからだと思うんですが」

「はあ」

「レッスンのとき、基本は私のこと放っておいてもらえますか？　できる限り、話しかけないでもらえますか？」

一息に言い切った。失礼だとわかっていた。いったい私はなんてことを言っているんだ、と目の前がくらりと歪んだ。

「なんで!?　なんで話しかけたらあかんの？」

先生が目を丸くして身を乗り出す。

「怖いんです。大阪弁、まだ怖いんです。怒られてるみたいで。急に呼ばれると、びっくりしてすごい動揺するんです。でも私、ヨガが大好きなんです。ヨガに集中しているときの何も考えないでいられる時間、とても大事なんです。だから、もうちょっと私がここに慣れるまで。大阪弁に慣れるまで。レッスンの間、放っておいてもらえませんか？」

沙由美は先生に負けじと身を乗り出した。両掌を広げ、意味のないジェスチャーを交えながら必死に言った。

「ごめんなさい。失礼なこと言っているのわかっているんです。でも、お願いします。ごめんなさい。そうじゃないと、私、ここでレッスン続けられないんです！」

「えっ、それ困るわ。先生ここ歩合でお給料もらってんねんな。正岡さんヨガ嫌いなんやったらしゃあないけど、そないヨガ好きなのに辞めはったら、正岡さんも先生もみんなが残念やんな？」

先生が勢いよく答えた。

「そうなんです！　だからみんなが残念じゃないようにしてもらえますか？　それでお願いします！」

沙由美は思わず先生の両手を握った。頰に思いっきり力を入れて笑顔になって、先生の顔を覗き込む。

「……危ないときは、言ってもええんよね？」

「はいっ！　もちろんです！」

「あとやり方間違えてるときも、それ違う、って言ってええんよね？　それなかったら、先生んとこでやってる意味ないもんな？」

「はいっ！」

沙由美は大きく頷いた。

「よっしゃ、わかったわ。先生、正岡さんのことなるべくほっとく、って約束します。こっちの言葉怖いのわかるわ。慣れてへんと、怒られてるみたいな気持ちになるやんな。よそから来た人みんな驚きはるの」

先生は自虐でも謙遜でもなく、とても楽しいことを話しているようにそう言った。

「よろしくお願いします。今日も先生の素敵なレッスン、とっても楽しみです！」

後の一言は、余計だったかもしれない。心にもないお世辞を言っていると思われたらどうしよう。沙由美の脇の下を冷たい汗が伝う。

「ほんま？　そない言われたら、嬉しいなあ。先生、頑張るわあ」

先生は両頰に掌を当てて、恥ずかしそうにくすくすと笑う。

「ほなら、こないだと逆側の端っこにおるとええわ。あっこな、ピアノの陰になって、ほとんど鏡に映らへんねん。あっこなら、他のみなさんも正岡さんおるのほとんど気付かへんわ。けど、ちょっと身体倒したら、こっちの鏡で自分だけは見えるからそれが一番ええね。そしたら今からマット敷くわ」

先生がヨガマットを抱えて、いそいそとスタジオの隅っこへ向かう。

「ほら、見て。ここ落ち着くやろ？　ここなら楽しくヨガできるな？」

先生は沙由美を手招きした。

「……ありがとうございます」

沙由美は鏡を見つめた。二枚の鏡の継ぎ目に自分の姿が映っていた。すごく高かったお気に入りのヨガウェアだ。やはりこのヨガウェアには、こんなふうに手の込んだナチュラルメイクをしたほうが絶対に似合う。

背筋を伸ばして、顔の筋肉を引き締めて、前をまっすぐに見る。

鏡の中の自分に向かって微笑みかけた。

代官山酵素スムージー

1

水野《みずの》華《はな》は空のプラスチックカップを商品名が真正面に見えるように握り直した。

「センパイ、代官山酵素スムージー、飲まないんですかあ？　飲まないんだったら、私がいただいちゃいますよお？」

これで八回目だ。

「……さっきと変わってないね」

不精髭にパーカー姿の監督が、ぞっとするような冷たい声で言う。

オフィスを模したスタジオ内に、うんざりしたような淀んだ空気が漂っていた。

「もっとストローがっつり咥えて、上目遣いでやってみてよ」

華は声の聞こえたほうの暗闇に目を向けて、ははは、と笑った。

黙れ。今、あんたたちのふざけた下ネタに付き合っている場合じゃないんだよ、と心の中で毒づく。

華は監督のほうをちらりと窺った。

監督はつまらなそうな顔をして頬のニキビをいじっている。

「……えっと、じゃあ別の人行ってみようか」

背筋が凍りついた。

そんな話は聞いていない。別の人なんて聞いていない。このＣＭのメインは私だと決まっていたはずだ。

契約書も交わしていなければ書面として残っているものは何もない。

けれどこの話を持ってきた華に、事務所の女性社長は「久しぶりにデカイ仕事来たね。チャンスだよ」と頷いたのだ。

「後ろで掃除のおばちゃん役やってる人、そう、あなた。ちょっとこっち来てくれる？」

監督が華の背後に向かって手招きした。

「ええっ、わたし？　いっきなり何やろな。監督さん、わたし何かあかんことしました？」

小柄でパンチパーマのおばちゃんが、おろおろしながら前へ進み出る。言葉は気弱だが大声だ。こてこての大阪弁に、スタジオ内に失笑が漏れた。

「あっ、やっぱりそうだ。祝ビールのＣＭ出てたよね？　葱が飛び出してるエコバッグぶら下げて、蛍光オレンジのヨガウェアで後ろを歩いてた人だよね？」

「せい、せい。やらせていただきましたあ！」

おばちゃんの顔がぱっと輝いた。

「あれ、よかったよ。一瞬ちらっと映っただけなのにすごいインパクトあったもん」

監督が作り笑顔で言いながら、ＡＤの若者に鋭い目配せをした。

「あなた、今まで、この人のセリフ聞いてましたよね？」

「せい、せい。何べんも何べんもやり直してますさかい、いっくらわたしでも覚えましたわ」

おばちゃんが自分のこめかみのあたりを指さした。

ちょっと待って、嘘。嫌。

全身に冷たい汗がわっと滲んだ。

「でもわたし、生まれたときからずうっと泉州弁ですさかい。泉州弁言うてわかります？　大阪の南のほうのね、岸和田あたりの言葉ですさかい。『センパイ、飲まないんですか？』とか、そこのお姉さんみたくうまいこと言えへんですわ」

おばちゃんが残念そうに言うと、監督が、とんでもない、と首を横に振った。

「大阪弁、大歓迎ですよ！　商品名と、『飲まないんだったら私がもらっちゃうよ』ってことだけ言ってくれれば、あとはひとまずぜんぶアドリブでやってみてください」

暗闇から苦笑のどよめきが湧いた。

「へえ、さよですか。ほならやってみます。ほんまにアドリブでええのね？」

おばちゃんが念押ししたと同時に、華の二の腕にすっとADの手が伸びた。

「お疲れさまです。待機でお願いします」

ふらつく足取りでスタジオの隅に並んだパイプ椅子に腰かける。そこには出番があるかないかわからないまま、華と同じようなオフィスカジュアルに身を包み、朝から待機しているエキストラたちが十名くらい座っていた。

華はこの場に集まったエキストラの誰よりも小顔で、誰よりも目が大きくて、誰よりも細かった。この仕事が決まってから数ヶ月、ハードなダイエットでほとんど食べていないのだから当たり前だ。

今朝スタジオ入りしたときは、皆が華の全身のパーツのひとつひとつに羨望の眼差しを向けていたはずだ。

なのに今は、華のことなんて見ている人はひとりもいない。

おばちゃんはスタッフに手早くメイクを直されて、それまで華がいたオフィスのセットの前に立った。

「はい、では行きますよ。リラックス、リラックスね」

監督の声に、そこにいる皆の呼吸が一斉にぴたりと止まる。

「ねえあんた、これ、飲まへんの？　代官山酵素スムージーってこれな。もっぺん言いましょか？　だいかんやま、こうそ、スムージーね。なんやその顔？　ほならもう飲まんでええわ。おばちゃん貰うで！　ええのね？　後からごちゃごちゃ言うてもあかんよ？」

おばちゃんが機関銃のような早口で、カメラに向かって喋り出した。

その瞬間に空気が変わったのがわかった。滞っていた泥水が、一瞬で輝く清流に変わる。

「やばくね？」

誰かが呟いた。

「めっちゃいいやん。これ、行けるわ」

大阪弁の真似をして、誰かが応える。

「はい、カット。おばちゃん、最高！」

監督がガッツポーズをして言い切った。

「いや、もうこれ行けるでしょ！」

煌々《こうこう》と光るライトを浴びたおばちゃんは、照れ臭そうに「へへっ」と頭を掻いて笑っている。

「おばちゃん……ってこの人、小畑とし子さんっていうのね。小畑のオバちゃんか。いいねえ。じゃあ、オバちゃん、もう一回さっきと同じような感じのお願いできますか？　さっきの最高だったからもうあれでOKなんだけど、でも一応、もう一回だけ撮らせてもらえますか？」

「せい、せい。やらせていただきますう」

その浮き立った声に、華は下唇を噛んで顔を背けた。

「ってかさ、地方の主婦向けのダイエットドリンクっていったら、最初からこっち一択だろ。さっきの娘《こ》、何だったの？」

「ああ、あれさ、例のブライアンなんとかの紹介よ。ここの社長の息子の遊び仲間なんだと」

くくっと含み笑い。

「そんなことだろうと思ったわ。あんな微妙な女で撮る理由ねえだろ」

ひそひそ声が、胸に刃のようにぐさりと刺さる。

微妙な女――。

そんなこと自分が一番わかっている。だから誰よりも細く綺麗にならなくちゃって……。

「ねえ、あんた、これ飲まんでええのん？　代官山酵素スムージー、これね？　代官山のやつね？」

カメラに向かって身を乗り出したおばちゃんの大声が、スタジオ内に再び響き渡った。

2

帰り道は雨が降っていた。

梅雨の夕暮れだ。生乾きの洗濯物の匂いがする東京の湿気が、重苦しく身体に纏わりつく。

華は折り畳み傘を開いて、環八通り沿いの道を進んだ。スタジオから最寄りの八幡山《はちまんやま》駅までは徒歩で二十分もかかった。

日本一公共交通網が発達しているはずのこの東京で数少ない、車で移動する人の利便を最優先した高級住宅地だ。

行きはぜんぜん辛くなかった道のりが、今はすごく長く感じられた。

雨に加えて風まで強い日だ。軽量の折り畳み傘は小さすぎて右半身が雨ざらしだ。お気に入りのラベンダー色のレースのロングワンピースの裾が、ふくらはぎにぴたりと貼り付いて気持ちが悪かった。

右手に傘、左手にスマホを握って早足で歩く。

スマホが鳴った。ＬＩＮＥのメッセージが映し出される。

『華ちゃんホワッツ・アップ？　ＢＲＹＡＮだよ！　撮影どうだった？　今夜、グランドハイアットのＢＡＲでプロデューサーと飲むけど。何時でもいいから合流しない？』

全身にぞわっと鳥肌が立つ。

耳鳴りがして血の気が引くのがわかる。目の前が歪んだ。

ブライアン田端《たばた》。インスタグラムで知り合った男だ。

ブライアンのプロフィールには、まず最初に英語での自己紹介があり、その後日本語で〝フランス系アメリカ人と日系台湾人とのＭＩＸ〟と書いてあった。アイコンの写真は確かに一目でミックスとわかる、鼻筋が通ってくっきりとした二重瞼、という顔立ちだった。

幼少期はロスアンゼルスで過ごし、高校入学と同時に日本へやってきたという。その後は再びアメリカでＵＣＬＡ卒、カイロ大学大学院修了、ＭＢＡ取得、外資系コンサルタント企業での勤務を経て、現在の職業は〝会社経営＆投資家〟とあった。

ブライアンのアカウントのフォロワーは三万人以上いて、テレビでよく目にする有名な芸能人が何人も彼をフォローしていた。彼の投稿には、高級車、タワマンからの夜景、ブランドもののバッグ、シャンパン、寿司屋、華やかな人たちとのパーティの様子がこれでもかと溢れかえっていた。

フォロワーからのコメントと返信はほとんど英語で、一瞬身構えた。けれどよくよく見たらその英語コメントを書いているのはほぼ全員日本人で、華でもわかるような簡単な英語ばかりを使っていた。

一度、高級ブランドの〝担当〟から届いたというクリスマスプレゼントに、『SO COOL！』とコメントをしてみたら、すぐにブライアン本人からダイレクトメッセージが届いた。『日本語で驚いた（笑）？　SNSではアンチ対策にIN ENGLISHを徹底しているけど、ビジネスでは基本的に日本語を使っているからね。日本語で大丈夫だよ』

それをきっかけに、ブライアンがプロモーションを手伝っている、という六本木のクラブで行われるイベントに毎回無料で招待されるようになった。

ブライアンの周囲には人気上昇中の若手男性タレントが集まっていて、ファンから〝推し〟と呼ばれ〝尊い〟と拝まれているような彼らと、気軽に飲みに行ったり遊んだりすることができて夢のようだった。

ブライアンは華がモデル事務所に所属しているタレントだと伝えると、「やっぱりそうだったんだね、カワイイと思った！　社長とは何度もビジネスで一緒になっているよ！」と目を輝かせた。それからへアカタログや雑誌の読者モデル、マッチングアプリのネット広告など、何かと小さな仕事を紹介してくれた。

今日の撮影だってブライアンのコネがあったからこそだ。

結局こんな結果になってしまったけれど。

『行く行くー！』

震える指で返信をする。

『ＹＥＳ！　華ちゃんＳＯ　ＣＯＯＬ！』

ブライアンが送ってきた熊がハートをばらまくスタンプに、華もハートを抱えた人気キャラクターのスタンプを送り返した。


昨夜、高級カラオケボックスで行われたパーティでの出来事を思い出す。

「えっ？　ＷＨＹ？　嫌って、何？　話が違うんだけど？」

ブライアンが巻き舌で、ＷＨＹ？　というところで両手を広げて詰め寄った。

眉間に深い皺を寄せて、これまでに見たこともないくらい怒りに満ちた顔だ。

ブライアンの背後にスーツ姿の太った白人の男が二人、嘲《あざけ》るようなにやにや笑いを浮かべて立っていた。

「話が違う、って何のことですかあ？　私、何も聞いてないですけど？」

華はわざとあっけらかんと答えた。

どうにかしてこの場を切り抜けたい。何も食べていない胃にテキーラを何杯も注ぎ込んだせいでひどく酔っぱらった頭で必死で考えた。だが、心も身体もぐんにゃりして力が入らない。

「社長、ちゃんと話しとくって言ってたのにさ。あっ、わかった！」

ブライアンの目が嫌な光を帯びた。

「ごめん、華ちゃんは悪くないわ」

やれやれ、と首を横に振った。

「おたくの社長って、いつもそうなんだよね。調子いいことばっかり言ってさ、毎回、現場になるとぜんぜん話が違うわけ。わかった。あの社長とはこれでTHE ENDだね。おたくの他の子で決まってたキャスティングも、全部白紙に戻す！」

田端は白人の男たちを振り返って、華を指さし早口の英語で捲《まく》し立てた。

男たちの顔つきが変わった。

どういうことだ、というようにブライアンに詰め寄る。

ブライアンは猛烈な早口の英語で言い返す。明らかに異様な雰囲気が漂う。周囲の目が一斉に華に注がれる。

「華ちゃんは悪くないから。ホント、華ちゃんに怒っているわけじゃないから。悪いのはあの社長だから」

ブライアンが男たちとの激しいやり取りの合間に、固まっている華に猫撫で声を出した。

事務所の社長の顔が目に浮かんだ。

四十代半ばのやり手の女性だった。

田舎で燻《くすぶ》っていた華を見出して、東京に呼び寄せてくれた恩人だ。

今ここで私が応じなければ、この白人の男たちが怒り狂うだけではない。

決まっていたうちの事務所の仕事が打ち切られる。社長にも迷惑がかかってしまう。

「……あの、やっぱり私、OKですよお。明日撮影なんで、夜中には帰らなきゃですけど。帰りのタクシー代くれますよね？」

華は薄ら笑いを浮かべて掠れた声で言った。

華の〝ＯＫ〟の一言に、ブライアンが、白人の男たちがガッツポーズをして見せた。世界が遠ざかる。目の前の光景も、匂いも、音も、肌の感覚もすべてが遠くなって、自分の姿を「あーあ」と軽蔑の笑いを浮かべて画面越しに眺めているような気分になる。

なんでこんなことになってしまうんだろう。どうして私はこうやって自分を安売りしちゃうんだろう。

男たちが、『ＯＨ！　ＳＥＸＹ ＧＩＲＬ！』なんて馬鹿みたいなことを言いながら、急にフレンドリーな仕草で華を取り囲む。強烈な香水の匂いが漂う。

こんな気持ち悪い豚みたいな奴ら、この場で木っ端みじんに爆破してやりたいと思う。

「あんまり驚かせないでよ。俺、ハートアタックかと思ったよ。これ日本語で何て言うんだっけ？　心臓発作？」

ブライアンは仲間同士の親密な目配せをして、華の耳元で囁いた。

「……死ねばいいのに」

スマホの画面を見つめながら、華は呪いの言葉を呟いた。

昨夜の男たちにどれほど屈辱的な扱いを受けたかを思い出して、吐き気が込み上げた。

あいつらが死ねばいいのはもちろんのこと、ブライアン、お前も死ね。

すぐ横をトラックが地響きを立てて通り過ぎる。道路脇に溜まった水が跳ね返って、太腿あたりまでぜんぶ濡れた。

ああ、もう最悪。

くっと喉を鳴らして泣き顔を浮かべた。涙は出てこない。

あと数日で、私は二十六歳になる。二十代後半だ。〝若い女の子〟としてＣＭのメインに抜擢されることは決してなくなる年齢だ。

若さという唯一にして最大の武器を失うことが怖くてたまらなかった。

――私、もう消えちゃったほうがいいのかなあ。

そんな投げやりな言葉が、気味悪いほどすとんと腹に落ちた。

黒塗りのハイヤーが、華を颯爽と追い越していく。

二十五歳の誕生日を過ぎたまさにその瞬間から、東京は華にとって恐ろしく暮らしにくい場所になった。

まずは日給三万円以上で土日祝日に必ずあったはずのキャンペーンガールの仕事が、一切なくなった。事務所の社長に、インスタでのセルフプロモーションを頑張りなさい、つまり自分で仕事を取ってくるように、と言われたのもこの頃からだ。

最初は何かの間違いだと思った。今年の宣材写真はメイクを失敗したかも、顔が浮腫《むく》んでいたのかも、髪が傷んでいたのかも、と外見の手入れに躍起になった。

どれほど努力してももう二度と〝若い女の子〟という夢のような時代に戻ることはできない、ということがどうしても受け入れられなかった。

人生百年といわれるが、ちやほやされるのは十代後半から二十四歳までのたった数年だけのことだった。

二十五歳になったその日から、孫が生まれて家族の皆から〝おばあちゃん〟とかわいらしく呼ばれるその日まで。

その前の四十年くらいのとんでもなく長い間、女は〝おばちゃん〟と呼ばれてひたすら若くないことで馬鹿にされ、軽んじられる人生を生きなくてはいけないのだ。

そんなこと誰も教えてくれなかった。

華は車が行き交う環八通りに目を向けた。撥ね飛ばされるのは、まったく痛くなさそうだった。むしろぽーんと身体が宙に飛ぶその瞬間が、とても気持ち良さそうな気がした。

道連れにするのはどんな車にしようかな。華は据わった目を車道に向けた。

どうせなら勝ち組気取りの奴が乗っている高級車がいい。

と、先ほど華を追い越していった黒塗りのハイヤーが、少し先にハザードを点滅させて停まっているのに気付いた。

「ねえ、あんた！　こっちこっち！」

排気音に混じって、大阪弁の金切り声が聞こえる。

ハイヤーの後部座席からヒョウ柄の服にパンチパーマのおばちゃんが、身を乗り出して腕を振り回していた。スタジオにいた、あのおばちゃんだ。

「あんたはよ乗って、乗って！　いいから乗って！　ここ開けてると雨入って濡れるわ！」

おばちゃんがハイヤーのドアを開けて、力いっぱい手招きをした。

いいです、と慌てて断ろうとしたときに、おばちゃんの髪がびしょびしょに濡れていると気付く。濡れそぼった固いパーマは大仏様の螺髪《らほつ》みたいだ。

「はよしてな、あんた！　あんたがもたもたしとるから、おばちゃんこない濡れてしもたやないの！」

おばちゃんが怒りを含んだ声で口を尖らせた。

「は、はい」

思わず押し切られるようにハイヤーに飛び込んだ。

「うわっ、びしょぬれやんけ。女の子が身体冷やしたらあかんわあ。ほんまうっとおしい天気やね。運転手さん、この車タオルとか置いてへんの？」

おばちゃんは跳ねるように奥の座席に座り直すと、運転席に身を乗り出した。

「バスタオル、ご用意がございます」

運転手が差し出した白いふかふかのバスタオルを、おばちゃんは「あるんやったらはよ出してな。気いきかへん人やね。前ばっかり見て運転しとったらあかんで」とひったくった。

「はい、これでちゃんと身体拭いてな。うわっ、めっちゃふわふわやね。運転手さん、これどこの？　ああ、やっぱ今治《いまばり》やんな。こっちのほうは今治さんが幅利かせてんねんな。うまいことやってはるわあ。泉州タオルも負けてられへんね」

おばちゃんはタオルの品質表示に顔を近づけて目を凝らしてから、華の全身を乱暴にごしごしと拭いた。

3

「はい今日はえろうお疲れさまやなあ。さっきお姉さん歩いてるの見て、あっ一緒やった人やんけ！　って思ってな。女の子が一人で歩いてるときは、車乗っけたらなあかんやろ。これ帰りにようさんもろたからあげるわあ。好きなだけ持ってって。お姉さんのほうが、わたしよりえらい気張って働いとったもんな」

車が走り出してほっと息をつく暇もなく、おばちゃんはお茶のペットボトルやコンビニのおにぎりや、スナック菓子や焼き菓子などが入った大きな紙袋を開いた。

きっと控室に置いてあった差し入れの残りだろう。

「……いらない」

声が強張った。なんで乗ってしまったんだろう。

「えらい気張って」という言葉が胸に刺さる。

この幸運なだけのおばちゃんは、私がどんな惨めな思いと引き換えにあの仕事を手に入れたのか想像もできないに違いない。

「えーっ、いらんの？　なんで？　あっ、せやせや、悪いけどちょっと待ってな」

おばちゃんが二つ折りの携帯電話をぱかんと開けて耳に当てた。

「あ、沙由美ちゃん？　なんですぐに折り返しくれへんの。え？　ヨガの集中講座？　難波で？　そんなん先に言うといてよ。撮影？　そりゃもうバッチグーですわ。テレビ映るの楽しみにしとってなあ。あ、テレビちゃうかったかな。まあええわ。そんで沙由美ちゃんの言うてたリンゴパイ、大丸の地下でええねんな？　せい、せい。今、東京駅向かってますう。え？　電車の中ちゃうよ。おばちゃん、そんなマナー悪いことようせんわ。ほならまたね」

おばちゃんは早口で捲し立てると、「大事なとこでごめんな。お友達に買い物頼まれてんねん。甘ないリンゴパイやて。おばちゃん『甘ないリンゴパイってどんなんやねん？』って言うたんやけど、沙由美ちゃん『それでいいんです。私、甘すぎない甘いものが好きなんです！』って東京弁でえらいキッパリ言いよるから、はいはいさよですかー、ってな」と華に向かって拝む真似をした。

「東京駅に向かってるんですか？」

「せやで。さっきスタッフの人、都内どこまででも送らしてもらいます、って言うてたからな。ねえ、運転手さん、東京駅行く前にこのお姉さんの家寄らしてもろてもええよね？　お姉さん家どこ？」

とはいってもここから東京駅までは、首都高を使っておそらく一時間くらいかかる。たとえ「どこまででも」と言われたとしても、ずいぶんとずうずうしい。

おばちゃんの乗っているこのハイヤーは、撮影スタッフが今日の〝主役〟のために手配したものだ。

撮影が上手くいけば、私が乗って帰ることができたはずの黒塗りハイヤーだ。

「……南青山」

「ひええ、南青山！　たっかい服売ってるとこやん！　ほな運転手さん、通り道やんな？　え？何？　シュトコウ？　ごちゃごちゃ言わんといてねっ！　わたしの時間は気にせんといて。今言った感じで行ってや。しかし若いのに南青山！　えらい立派なとこ住んではりますなあ」

おばちゃんが目を細めてにこにこと笑う。

「何それ、さっきからちくちく嫌味言うのやめてくれます？」

思わず棘のある声になった。

「えっ？　なんか気い悪うした？」

おばちゃんは目を丸くしてから、「ごめんな。ほんまは、あんたの気持ちようわかるよ」と笑った。

「おばちゃん、あんたの仕事取るつもりなんてちっともなかったんやで。けど、わたしらタレントやろ。あくまで向こうさんの言うとおりにせなあかんやんな？　せやから、自分がやらなあかんことしたまでですわ。芸能界はね、厳しい世界やで」

華は、はあっ？　っと目を剝いた。

どれほど厳しい世界か。そんなことわざわざ言われなくたって、私のほうがずっとわかっている。怒りを抑えて冷淡な口調で答えた。

「よかったですね。今日の監督、東京生まれの東京育ちなんで。大阪のおばちゃん、すごい珍しかったんだと思いますよ」

「せやね。東京の人って皆さん、〝大阪のおばちゃん〟のことめっちゃ好きっておっしゃいますねん。〝大阪のおばちゃん〟って、明るくて気さくで元気いっぱいや、って思ってくれはるんよね」

おばちゃんは鼻歌でも歌い出しそうに上機嫌だ。

どこまでもおめでたいな。きっとこのおばちゃんにとって、今日が人生最良の日だ。

「あんまり真に受けないほうがいいですよ。私たちなんて所詮使い捨てだから」

「へっ？」

おばちゃんがきょとんとした顔をした。

「だから私たちなんて人間と思われてないんだってば。都合がいいときだけ使って、なんか飽きたな、って思ったら理由も知らされずにすぐにポイッて捨てられるの。私、あんたみたいな人たくさん見てきたんだから」

負け惜しみと思われても構うものか。雨に濡れたワンピースがすっと身体中を冷やす。

ふいにスマホが鳴った。

華はおばちゃんから顔を背けて、スマホの画面に目を落とす。

『ＢＲＹＡＮだよ！　今日、さっき言ったプロデューサーと、もう一人ディレクターも参加することになったよ。ＢＡＲじゃなくてホテルで部屋飲みしたいって。彼ら、業界でかなり力ある人だからすごいＣＨＡＮＣＥだよ！』

壊れかけのテレビの画面のように、目の前がちかちか点滅する。

昨晩、高級カラオケボックスの奥に用意されていたダブルベッドの部屋が、脳裏に蘇る。

「一応言っとくけど、ＨＯＮＥＹ ＴＲＡＰとかやめてね？　今の時代、女のほうも一瞬で特定されるから、何もいいことないからね？」

華をあの部屋に送り出す直前、ブライアンはそう念押しをした。

ハニートラップ？

私が何かを企んでいるはずがない。そんなことをするつもりならば最初からもっとうまくやる。いったい何を言っているの？

しばらく考えてから華は、この男たちは〝ハニートラップ〟という言葉を、男女の肉体関係に伴うトラブルすべての意味で使っているのだ、と気付いた。

「――あんた、どないしたん!?」

おばちゃんの太い声にはっとした。

「汗びっしょりやないの。ほら、こっち向いてみ。なんて顔しとんの？」

おばちゃんが華の肩にかかったバスタオルに手を伸ばして、こめかみにしたたる冷たい汗を拭いた。

「なんか嫌なこと言われたんか？　今のケータイのせいやんな？　誰？」

スマホが鳴る。今度は通話だ。華に送ったメッセージが既読になったのを見たブライアンが、畳みかけて返事を迫っているに違いなかった。

「あっ、どうぞどうぞ。電話出てええよ。さっきおばちゃんも電話させてもろたからね。ちっとも気にせんでええよ」

おばちゃんが着信音に追い立てられるように、うんうんと頷いた。

どうしよう、どうしよう。

急に視界が真っ黒になって、すべてがふっと消え去った。

4

目が覚めると真っ白い天井が見えた。カーテンに仕切られたベッドの上で点滴に繋がれている。

周囲を見回すが誰もいない。ベッドの上にあるナースコールを鳴らしてもいいのだろうかと迷っていると、廊下の向こうから何やら騒がしい声が聞こえてきた。

「あ、せいせい、ここやわ。第三処置室ね。おおきにね。病院ってどっこもおんなじように見えてややこしなあ」

カーテンが揺れて、コンビニのレジ袋を持ったおばちゃんの顔が現れた。

「あ、起きたん？　今、売店行ってきたんよ。ヨーグルトなら食べれるな？」

おばちゃんが、牧場で草を食む牛の絵のヨーグルトと、プラスチックのスプーンを差し出した。

「……いらない。お腹減ってないの」

慌てて首を横に振った。目が覚めたばかりで食欲がないのはほんとうだったし、元から好きでもない食べ物で無駄なカロリーを摂る習慣は一切ない。

「へえっ、ほんまに？　そしたら、もったいないからおばちゃんもらうわ」

おばちゃんは案外あっさりと引き下がると、華のベッドの枕元の椅子に腰掛けて、ヨーグルトをもそもそと食べ始める。

「私、車の中で倒れたの？　ここ、病院だよね？」

華は左腕に刺された針の先のチューブに落ちる点滴を見上げた。

「先生、睡眠不足と栄養失調ですね、って仰ってたわ。最近の女の子、みんなめっちゃ細くて青い顔してあんたと一緒なんちゃう？　知らんけど。あ、点滴詰まってるか？」

おばちゃんは慣れた様子で点滴に目を凝らす。

「なんや、これもう終わりやんな。ほな、帰りの支度しましょか。他にも具合悪い人たくさんいてるからな。あんたひとりでベッド占領したらあかんよ。おばちゃん看護師さん呼んでくるから待っとき」

おばちゃんは、いそいそと空のヨーグルトのカップをレジ袋に入れた。

「せやけどあんたのケータイ、えらいしつこいなあ。ずうっと鳴っとったで。ええ加減、電池切れとるんとちゃう？」

華の足元に置かれたバッグの中で再びスマホが鳴った。

おばちゃんの動きが止まる。

「電話出たらあかんよ。病院のたっかい機械壊れて、弁償することになんで。帰ってからにしい」

「……わかってるよ」

おばちゃんの足音が遠ざかったのを確認してから、スマホの履歴を見る。

ただ事ではない量の不在着信が残っていた。履歴はすべて同じ番号で埋め尽くされてしまっている。どんな大事件が起きていたとしてもこれはやりすぎだ。

また電話が鳴る。

華は周囲を見回した。カーテンで仕切られた二人部屋の処置室だ。隣のベッドには誰もいない。稼働中の精密機械もなさそうだ。

何、考えてるの？　ここは病院だよ。なんでそこまでしてこんな奴の電話に出る必要があるの？

もう一人の自分の声を聞きながらも、きゅっと視界が狭まるのがわかる。取り憑かれたようにぼんやりしたまま、通話ボタンをタップしてしまう。

「はあい」

精一杯声を潜めて電話に出た。

「えっ？　今、電車？　だったらメッセージ送ってよ！」

ブライアンの巻き舌の怒鳴り声が耳に飛び込んだ。

「今、病院にいるんです。だから小さい声でしか喋れなくて……」

誰かに見つかったら大変だ。華は思わず身を縮こめた。

「はあ？　病院？　一応聞いとくけど、それって昨日のことと関係ないよね？」

思わずごめんなさい、と言ってしまいたくなるような威圧的な口調だ。

「えっと、ちょっと睡眠不足と貧血って言われて、点滴が終わったら帰れるって――」

「へー、そうなんだ。大丈夫？　ＹＯＵ　ＯＫ？」

急に早口の優しい声色で遮る。

「それでさっきのメッセージだけど、あれでＯＫ？　部屋のリザーブとかルームサービスとか、こっちもいろいろ手配しなきゃいけないんだよね」

ブライアンが畳みかけるように訊いた。

「えーっと、部屋っていうのはちょっと……」

点滴の針の入った腕がちくりと痛む。

「はあ？　何それ？　ＷＨＡＴ ＤＯ ＹＯＵ ＭＥＡＮ？」

また巻き舌の大声。

「華ちゃん、どれだけ自分勝手なこと言ってるか、わかってる？　みんなもう動き出してるんだからさ。そういうのって社会人としてどうかと思うよ？」

ブライアンの声がどんどん大きくなる。

やめて。

心の中で叫ぶ。全身からわっと汗が噴き出す。

「えー、だってえ」

どうしよう、どうしようと胸の中で早口言葉のように唱えながら、私は言うとおりにしてしまうのかもしれないと、ぼんやり思う。

「どうするか自分で決めていいよ。すべてＵＰ ＴＯ ＹＯＵだから。それで決めたことは責任持ってね。後からセクハラとか文句言ってきても、こっちは訴訟には慣れてるからね。全力で闘わせてもらうことになると思うけど……」

「きゃっ！」

思わず悲鳴を上げた。

カーテンの陰から飛び出してきたおばちゃんが、華のスマホをひったくったのだ。

「あんた、ここ病院や！　ケータイあかんて言うとるやんけっ！」

病室におばちゃんの怒声が響き渡った。

「ちょっと、やめて！　ここ、病院だから、見つかったら看護師さんに怒られるから……」

悲鳴を上げてスマホを取り返そうとした。だがおばちゃんは見た目からは考えられないほど強い力で華をぐいっと押し返す。間違いなく力仕事をしている人の動きだ。

「あんたは黙っときっ!!」

おばちゃんは吐き捨てるように怒鳴った。

「うち？　うちはこの子の母親です！　大阪の岸和田からね、娘に会いにね。あんたもうええ年やんな？　そしたら岸和田よう知ってはりますね？　『岸和田少年愚連隊』ってナインティナインさんの映画のね、そうそう、あの岸和田ですぅ」

「ええっ、ちょっと待って！　嘘！　嘘です！　嘘です！」

華は目を剝いて叫んだ。

「えっ？　名古屋？　プロフィール？　そんなん知りませんがな。この子がええかっこしてどない嘘ついたかわかりませんけど、そんなんわたしに言われても困りますやん！　せい、せい。そしたらもううちの娘に金輪際、電話せんといてくれへん？　ああ、あんたほんま憎そい声しとるね。おたくみたいな人おるから、大事な娘を東京なんか行かせとうなかったんです！　あ、ちょい待ち。あかんあかん、まだ切ってええ言うてへんやろ！」

おばちゃんが鼻先に皺を寄せた。

「あんた、近いうちえらい目遭うよ！　女の子はな、あんたが思ってるほど弱ないんよ。あんたがいじめてる女の子たち、みんないつか必ず、おばちゃんになんのや！　おばちゃん怒らせたらほんま怖いってこと教えたろかっ！　ほなら切りますよ。はいさいなら」

一気に言い切ると、「向こうの人、なんや最後はかしこまってちゃんと挨拶しとったで」と満足げに言って、華にぽいっとスマホを返した。

「ケータイ隠しとき。看護師さんに見つかったらめっちゃ怒られんで」

「ねえちょっと、なんてことしてくれたの……」

華は呆然とおばちゃんを見つめた。怒りで身体が震える。

「このブライアンって人、業界では有名なんだよ。事務所の社長とも仲いいの！」

ブライアン、と口に出すときだけちょっと声を落とした。

「なんやブライアンて。今の人、芸人さんなん？」

やっぱりそこを突っ込まれた。

「確かに『岸和田少年愚連隊』よう知ってたわ。カオルちゃん出てくるやつですか？　ってそこだけえらい懐こい喋り方してたわ」

おばちゃんは大きく頷く。

このおばちゃんには、ブライアンについてどんな風に説明しても大喜びで茶化されるような気がする。

急に顔が熱くなった。

「ちがう、ただのニックネーム！」

慌てて取り繕った。

「あないなおっちゃんが、えらい洒落たニックネームやね」

「知らないよ。私がつけたわけじゃないもん」

ブライアンのインスタのけばけばしい写真が脳裏に浮かぶ。

フランス系アメリカ人と日系台湾人のミックスで、ネイティブの英語を喋って、幼い頃からいろんな国を回っていて、超高学歴で、実業家で、投資家で、毎晩芸能人とパーティをしていて。

私の欲しいものすべてを持っているあの男。

「そんであの人、本名なんて言うん？」

「知らないってば！　てか、そんなのいいから、これで私の仕事なくなったらどうしてくれるわけ？」

「人のせいにしたらあきまへん！」

おばちゃんがぴしゃりと切り捨てた。

何それ。ふざけんな。

胸の奥からぐつぐつと苛立ちが込み上げる。頭に血が上って一段と頬が熱くなった。

「人のせい……って、あんたが私のスマホ勝手に取ったんでしょ？」

身を乗り出しておばちゃんを睨み付けた。

「ねえ、お姉さん。あんた可愛らしい顔しとるけど、ほんまは年いくつなん？」

「えっ？」

いちばん痛いところを、いきなりぐさりと刺された。

「……二十五だけど、それが何？」

思わず胃のあたりを押さえた。

「へええ、二十五！　結構いってはるんやね。若く見えるなあ。ほなら東京来てもう長いんね？　地元どこ？　お父さんお母さん元気にしとるん？」

矢継ぎ早に訊いてくるおばちゃんの顔を、華はじっと見つめた。

5

父親の顔を華は見たことがない。

物心ついたときには愛知県の外れにある駅前のビジネスホテルで、住み込み管理人として働く母と暮らしていた。その土地へ来る前にどこにいたかは覚えていないし、母から聞いてもいない。

「わざと縁もゆかりもない場所を選んだのよ。私たちのことを捜し出そうとしても、絶対に誰も辿り着けないようにね」

母は寂しそうな笑顔で、よく華にそう言った。

華と母が暮らすホテルの入口には『住み込み従業員募集　2K家賃光熱費ナシ　月給十一万円』と書かれた錆びた看板がずっとかかったままになっていた。

街中の人が華の家の厳しい家計状況をそっくり知っているのは屈辱だった。受付から清掃から軽食の用意まで。昼夜の別なく働きづめなのに、これから先も永遠に月に十一万円しか貰えない母のことが恥ずかしかった。

顔が小さくて華奢で色白の母は、娘の華から見ても整った顔立ちの美人だった。

「お願いだから手伝いに来てよ。あんたなら、こんなところよりずっと稼げるよ」

近所のスナックのママにそう勧誘されている場に何度か出くわしたが、母は化粧気のまったくない顔で「私は人前で働くわけにはいかないんです」と首を横に振った。

母は常に誰かの影に脅かされている人だった。覚えのないダイレクトメールがポストに届いただけで、真っ青な顔で息を浅くした。常にマスクをして俯いて過ごしていた。

おそらく母の人生をこんなに弱々しいものに変えてしまったのは、私の父親の存在なのだろう。成長するにつれて少しずつそのことを察するようになると、自分が生まれたせいで母は心から笑うことができなくなってしまったような気がして、ひどく申し訳なくなった。

そんな母にとってのささやかな楽しみは、国道沿いのリサイクルショップに行くことだった。家電はもちろん、洋服から靴からタオルから食器までなんでも揃う店だ。

「華、いいのあったわよ。新品同様ばっかりよ」

ビニール袋に詰め込んだ古着を抱えて母が帰宅すると、「わーい、やった！」とはしゃいで見せながら、華の気持ちはどんよりと暗くなった。どうか柄物の服ではありませんように、と祈った。小さな町に一つしかない、大きなリサイクルショップだ。高確率で、前の持ち主が身近にいるに決まっていた。

そんな華の人生が変わったのは、高校三年生の夏休みだ。

友達と連れ立って、自転車で十五分のところにある巨大なショッピングモールに遊びに出かけた。

吹き抜けになった屋内広場では、ママタレとしてテレビでたまに見る女性芸能人が、新刊のレシピ本のサイン会を開いていた。

華も友達もその芸能人の名前を知ってはいたけれど、別に興味はなかった。吹き抜けの上からサイン会の列をぼんやり眺めながら「あのオッサン、アイドル時代からの熱烈なファンかな？

ママレシピ、とかどんな気分で買うんだろ？」なんて毒を吐いて暇潰しをしていた。

その後、フードコートで長崎ちゃんぽんを食べていたら、パンツスーツ姿の女の人に声を掛けられた。

「ああ、やっと見つけた！　サイン会のとき、二階にいましたよね？」

駆け寄ってきた女の人が今の社長だ。社長は名刺を差し出すと、「タレント活動に興味ありませんか？」ときらきら輝く精力的な目をして訊いた。

その瞬間から、華の心は現実を離れてふわふわと漂った。

――ああ、やっと見つけた！

社長の第一声を、何度も胸の中で繰り返した。

その日、華はジャージにトレーナーの姿だった。ずいぶん前に明るく染めた髪の毛は寝起きのぼさぼさなままで、ちょんまげのように前髪だけをゴムで結わえていた。

何のおしゃれもしていなかったのに、生まれ持った顔立ちを認められたのは嬉しかった。人生のすべてが肯定されるような気がした。

東京に出て来てタレント活動をしませんか？　南青山に部屋を準備します。

社長に言われた、そんな夢のような言葉を胸の中で繰り返しながら、でも現実的に東京に行くことは無理だとも思った。

高校を卒業したら地元の結婚式場に就職することが決まっていた。土日に休めないのは少し大変そうだったが、やってみたかった仕事だ。それに就職したら、ようやく母に少しは楽をさせてあげられると思っていた。

「ただいま」

ぼんやりした頭で帰宅すると、卓袱台に〝戦利品〟を広げて母が待ち構えていた。

「華、いいのあったわよ。着てみて。ぜったい似合うわよ」

母が得意げに広げた偽物のバーバリーチェックのワンピースは、一見新品同様だったけれど、よく見るとお尻のあたりが小さな毛玉だらけだった。

ざわっと胸が粟立った。

古びたビジネスホテルの管理人として、古くて狭い部屋で貧乏を受け入れて暮らしている母。ろくに化粧もせずにげじげじの八の字眉毛、袖が伸びたトレーナーで働きづめの姿。誰かの着古した毛玉だらけのワンピースを、嬉々として娘に着せようとする姿。

そんな母が不憫でたまらなかった。お母さんはかわいそうだ。私が助けてあげなくちゃいけない。その気持ちに嘘はないはずなのに――。

私もお母さんも、すごくみっともなくてすごく惨めだ。

胸に浮かんだ低い呟きに、息が浅くなった。

「ねえ、お母さん、私、東京に行く」

ここから出なくちゃ、と思った。

私はお母さんみたいにはなりたくない。この町を出て、東京でタレントになる。こんな貧乏くさい生活から抜け出すのだ。

「せめて高校を卒業してからじゃ駄目なの?」

と何度も訊く母に、

「芸能界は、一歳でも若い方が有利なんだよ」

と、社長から聞かされた言葉を熱に浮かされたように言い募り、卒業まで半年なのに高校を中退して半ば家出のように家を飛び出した。

それから八年、母とは年に数回メッセージを送り合うくらいで、一度も地元には帰っていない。

6

「なんやあんたやっぱり東京へ遊びに来たんやね。わたしとおんなじやわあ」

のんびりした相槌に、華はかっと目を見開いた。

いったいこの人は何を聞いていたんだ。全然話が通じていない。

「何それ？　遊びに来たわけじゃないから！　あんたと一緒にしないでよ！」

遊びに来た、と言われたことに目が眩《くら》むくらい腹が立った。

「私、ちゃんとした事務所に入って、芸能人として活動してるの！」

「にっこにこしとるだけで有名なりたいんね。そんでお金ぎょうさんもろて、みんなにカワイイ、カワイイてちやほやされとうて来たんやろ？　汗水垂らして働くより楽なんちゃうかって思ったんよね？　それをな、世間ではな、遊びに来たって言いますう」

おばちゃんがぴしゃりと言い切った。

「はあっ？　楽だなんて、そんなこと思ってないよ！」

「ほならあんた、東京でなんか真剣にやったことあるん？　地元残って、安賃金できっつい仕事頑張っとるお友達や、赤ん坊の相手毎日やっとる娘と比べて胸張れんの？　頑張ったことあるん？」

おばちゃんが華にぐっと顔を近づけて訊く。

「なんで地元の友達が出てくるわけ？」

私は田舎の友達なんかとは違う。あんなつまらない人生とは違う。

「ほんまにこっちでやってきたいん？　ほなら、なんや演技とかお歌とかダンスかなんか知らんけど、目一杯やらんとあかんちゃうの？　じぶん、ほっそい身体しとるやん。それ見たら、そないなことええ加減にしかやってへんのようわかりますけどな」

「そ、そういうの頑張るのは、バックダンサーとか脇役とか、最初から自分は主役にはなれないって諦めてる人たちなの！　主役になれれば、歌も踊りもいくらでもバックの人たちがサポートしてくれるんだってば！　主役は最初から主役なの。ただチャンスさえつかめれば……」

「じぶんが怠けてる言い訳やと、べらべらよう喋りますな！」

ひどい。

息が止まる。涙が込み上げた。

「……偉そうに説教してるけどさ、あんたはどうなわけ？」

華をこてんぱんに言い負かして得意げな様子のおばちゃんに、意地悪な気持ちがむくむくと湧き上がってきた。

「その年で芸能界に憧れて、大阪から出てきちゃってるんでしょ？　自分だっていつかは有名になってちやほやされたい、って思ってるくせに。そのために何か努力してるわけ？」

「あ、わたし、主婦が本業ですねん」

おばちゃんがしれっと答えて胸に手を当てた。

「わたし、岸和田でお父さんと息子の世話してる主婦ですねん。タレントは世を忍ぶ仮の姿やからね、あんまりこっちに根詰めたらあかん。努力言うたら、月に二回、うちの社長んとこの倉庫借りて、フラダンスの練習しとんのや。こうや、こう。これで瞬発力養ってますさかい、それでじゅうぶんですわ」

おばちゃんが手を波のように揺らして、フラダンスの格好をして見せた。

「きれいごと言わないでよ。ただ勇気がないだけでしょ？　家族の世話を言い訳にして、逃げてるだけじゃん！」

「うわっ！　あんたそんなんよう言うねえ。わたしおらんなったら、あの二人どうやって生きてくんよ？」

「知らないよ。大人なんだから、ほっときゃ自分で何とかするでしょ？　っていうか、そういう問題じゃなくて……」

「ほんまやねえ。アキラが、ほっといても自分でなんでもできたらええねんけどな」

おばちゃんがうんうんと頷くと、少し決まりが悪そうに肩を竦めた。

ここだっ、と思う。

「アキラってあんたの息子？　ってことは、もう結構いい年でしょ？　もしかして引きこもりとかなわけ？」

華が身を乗り出すと、おばちゃんがうっと渋い顔をした。

「引きこもり……やね。そやね。引きこもりやんな。今風の言い方やとそやね」

「うわっ、キモっ！　主婦が本業とか言いながら、思いっきり子育て失敗してるじゃん。そんな生活から逃げたくて、東京でエキストラなんかやってるんだ！」

意地悪を言われたお返しだ。華は思いっきり顔を顰めてみせた。

「せやで。あんたの言うとおりや。おばちゃん、うちにずっといてると息詰まんねん。だから東京来てんのや」

おばちゃんが拗《す》ねた子供のように、膨れっ面を浮かべた。

華は、おやっ、と視線を上げた。急に素直になられて肩透かしを食らった気分だ。けたたましい関西弁の早口で怒鳴り返してくるとばかり思っていたのに。

おばちゃんが眉を下げた。

「アキラあんなんなってからな、おばちゃんもうあっこで生きられへんかったのよ」

「えっ」

思ったよりも重い話になって言葉を失った。

目の前にいるおばちゃんが急に違う人に見えた。

私、言ってはいけないことを言ってしまったかも――。

脇の下を冷たい汗がしたたり落ちた。

あんたが私に散々むかつくことばっかり言うからいけないいんじゃん。あんたがお節介焼いてきたせいだよ。私の人生に口出ししてきたせいだよ。私は悪くない。

胸の中で無理やり尖った言葉を言い返しながら、気持ちがどんどん萎れていく。

「けどな、アキラもお父さんもお友達もみんな、あっちでわたしのこと待っとるからな。東京でどんな楽しいことあってもんって聞きたくてうずうずして待っとるからな。おばちゃんは必ず岸和田に帰らなあかんねん」

おばちゃんが両手をぽん、と叩いてこちらに顔を向けた。

ちょっとずうずうしくて押しが強くて底抜けに明るい、〝大阪のおばちゃん〟の顔に戻っていた。

「お姉さんにも、地元に大事な人いてるやろ？　あんたが元気に帰ってきて東京の話聞かせてくれんの楽しみに待っとるやん。おばちゃんとことおんなじやね」

にっこりと笑顔だった。

「あっ、点滴終わりましたね？　それではもう帰って大丈夫ですよ」

ドアのところで、看護師が顔を覗かせた。

「あかん！　リンゴパイの店、何時までやろ？　新幹線は時間遅なっても、次の自由席乗ったらええねんけどな。リンゴパイ買えへんかったら、沙由美ちゃんむくれるからな。おばちゃんもう行くわ！」

おばちゃんが手首の内側の腕時計を確認して立ち上がった。

「ほならタクシー乗るまで一緒に付いていってったるわ。あんた今さっき倒れて点滴してもらったとこなんやから、電車で帰るとかケチ臭いことしたらあかんのよ。わかっとるね？」

おばちゃんがいそいそと床に置いていた紙袋を抱えた。

「……ありがとう」

それとごめんなさい、と言おうと口を開いたところで、おばちゃんに勢いよく遮られた。

「ええねん、ええねん、気にせんといて。これ、さっき言うとったジュースとか持ってくな？　袋あるのん？」

おばちゃんが紙袋を勢いよく開いた。

「これ使い。おにぎりもな。ほらこれ、ひとつ、ふたつ、みっつ。ええっ、多いって何やの？　夕飯にしたらええやん。食べへんのやったら冷凍しとき。あ、あと、みかん持っていきな。おばちゃんお腹減ったらあかん思て、うちの畑のみかんようさん持ってきてん。重かったわあ。岸和田のみかん美味しいよ。ビタミンたっぷりやで。お肌にええよ。もっと可愛なるよ」

7

華は部屋の電気を点けた。

オートロックで、白い壁に明るい色の床。ぱっと見は小綺麗だが、五畳の北向きでまったく太陽の光の入らない部屋だ。昼間でも暗くて冬場は泣きたくなるほど底冷えがする。

たくさんの服と化粧品、コンビニのお弁当のゴミが散乱している。

おばちゃんから押し付けられた紙袋を床に置いて、大きくため息をついた。

目の前がくらくらする。身体が熱いのか冷えているのか、よくわからない。

あんなに大きな声で誰かと怒鳴り合ったのはどのくらいぶりだろう。それも今日出会ったばかりの人。これから先、おそらく一生会うことのない人だ。

身も心も疲れ切っているのに、頭の中でアドレナリンがどばどばと出ているのを感じる。このまま外に飛び出して代々木公園を走り回りたいくらい、心臓がどくどく鳴っていた。

バッグの中でスマホが鳴った。

慌てて覗き込む。ブライアンだ。

しばらく迷っていたが、呼び出し音はじっくり悩む時間を与えるかのようにいつまでも終わらない。

吸い寄せられるように通話ボタンをタップして、スマホを耳に当てる。

「はあい」

「ＹＥＳ！　華ちゃん、良かった！」

電話の向こうでブライアンの声が聞こえた。

「さっき驚いたよ。華ちゃん、名古屋出身って言ってたじゃん。俺、もう一回インスタのプロフィール見直しちゃったよ。あんなこてこての大阪弁のおばちゃんとかお母さんのはずないでしょ。何、あの人、大丈夫？　もう近くにいない？　ＹＯＵ　ＯＫ？」

「うん、大丈夫ですう」

あれっ、と思う。自分の声がいつもと違うように聞こえた。

「そしたらさ、早速今夜のことだけど……」

――嘘。

お腹の底からぐわっと熱が湧き上がった。こめかみがどくんと鳴る。

「……嫌だ」

華はゆっくりと低い声で答えた。

「えっ？　何？」

「嫌だ。今日は行かない。ってか、もうあんたとは関わらない」

電話の向こうが、一瞬沈黙した。

「はあ？　お前、誰に向かって口きいてんの？」

スマホがびりびり鳴るような大声。

「私、昨日のことはすごく嫌だった。もう二度と好きでもない人とは寝ない」

「はあ？　いい年して、なに若い子みたいなこと言っちゃってんの？　お前、もうババアなのわかってんの？　それにお前が遊びまくってんの、とっくにみんな知ってるんだけど？」

いつの間にかブライアンはいつもの巻き舌喋りを忘れている。

どこからどう聞いても、そのへんにいるオッサンだ。

ああ、私ってとんでもない馬鹿だ。

どうしてこんな奴に踊らされていたんだろう。

――なんやブライアンて。

おばちゃんの関西弁が胸の中に響いた。

「そうだよ。私、もうすぐ二十六だよ。あんたが言うとおりババアだよ。おばちゃんは若い子とは違ってほんとうに大切なものがわかるの。だから、私、自分のことをもっと大事にすることにしたんだよ！」

電話を叩き切ると、その場でブライアンの番号を着信拒否にした。

長いため息をつく。可笑しくなるくらい指先が震えて、脇の下から冷たい汗が落ちた。

がさっと音がして振り返ると、紙袋が倒れてみかんが一つころころと転がり出た。

おばちゃんから貰った紙袋だ。中にはおにぎりやジュースやお菓子やみかんがてんこ盛りだ。

みかんを手に取ったら、まるで人肌みたいに柔らかくて温かかった。

皮をゆっくり剝いた。これぞ日本のみかん、というちょっと甘ったるくて炬燵の電熱器を思い出すような匂いが漂った。

子供の頃、児童館のお祭りでもらったお楽しみ袋みたいだ。

しばらく考えてから、スマホの画面を操作して耳に当てた。

呼び出し音が鳴ってすぐに、電話が繋がった。

「お母さん？　久しぶり？　何してた？」

駅前のビジネスホテルのフロント奥にある、小さな2Kの部屋を思い出す。

古くて狭くて貧乏臭くてみっともなくて。でも卓袱台の上にはいつもお腹を空かせて学校から帰ってきた私のために、おにぎりやお菓子やみかんが置いてあった。

「えっ？　泣いてないよ。ぜんぜん泣いてない。うん、だからちょっとお母さんのことが気になっただけだってば。何もないって言ってるでしょ」

窓の向こうは真っ暗だ。隣の雑居ビルの壁が見えるだけで一切の光がない。

嫌な部屋だ。こんな部屋で八年も。私はほんとうによく頑張った。

電話を切ると、みかんを千切るようにして口に放り込んだ。瑞々しくて甘くて少し酸っぱいみかんの匂いがわっと広がる。

「……おいしい」

おばちゃんの畑でとれたみかんは、喉のあたりが震えそうになるくらい甘くて酸っぱくて美味しい。

思わずうっとりと目を閉じた。唇が緩んで笑顔が広がる。

みかんの果汁に含まれたたっぷりの栄養が、華の身体の隅々にまでぶわっと勢いよく走っていった。

道頓堀の転売ヤー

1

「失礼ですけど、前もここ並んではりましたよね？　先月、あとその前の月も。ぼく、ちゃんとお兄さんの顔覚えてますわ」

店員に声を掛けられて、沼田《ぬまた》達也《たつや》は身体をぐっと強張らせた。

「けどお兄さん、25・5と26と26・5と、ほんまはサイズいくつなんですか？　てか、お兄さんの足、見た感じそんな小さないですよね？　まさかとは思いますけど、最近流行りの、あれちゃいますよね？」

作りものの笑顔の店員は、黒いマスクにディッキーズのベージュのチノパン、チャレンジャーのロゴ入りロングTシャツ。足元はネオンカラーが鮮やかな、ナイキエアマックス95イエローグラデの復刻版だ。

「……はあ？」

達也は店員と目を合わせずに答えた。

「正直言うてください。自分で使わんと、どっかネットで売り飛ばすんとちゃいます？」

店員が、ついに言ってやったぞ、という顔で胸を張った。

昨晩から達也のすぐ後ろに並んでいた学生らしき二人組の男が、ひひっと笑う。

「うちのオーナー、限定商品を転売されんの、めっちゃ気にしてはるんです。楽しみにしてくださってるほんまのファンの方に申し訳ないわあ、って。そんなんする人ひどいと思いません？」

店員がシャッターの前にしゃがみ込んだ若者たちを見回した。

皆、黒っぽい服装に、足元だけ色鮮やかなハイテクスニーカーが目立つ。

面白いことが始まった、という顔で、スマホのカメラを向ける者もいた。

達也は渾身の呪いを込めて、スマホのレンズを睨み付けた。

「すんませんけど、列、抜けて貰えます？　ここでいくら待ってて貰ってもええですけど、お兄さんにはお売りできませんわ」

列からぱちぱちと拍手が鳴った。

達也はしばらく店員をまっすぐに見つめた。

女のように小柄で、まだガキみたいな綺麗な肌をした男だ。達也より一回り近く年下に違いない。

身長百九十センチ近くて、長く肉体労働をしてきた身体の達也と殴り合いになったら、こんな奴一瞬で吹っ飛んでしまうだろう。

先ほどまで得意げだった店員が、ちらりと不安げな目をして身構えた。

それだけを確認して、ふっと顔を歪めて笑う。

達也の背に「オッサン、いねやっ！　クソ転売ヤーがっ！」という声が飛んだ。

ぴたりと足を止めて振り返る。今の声は誰だ、と心の中で唸り声を上げる。

へらへらした若者たちが、一斉に息を呑んだのがわかった。

〝転売ヤー〟というのは、数量限定の商品を購入価格の数倍の値をつけてネットで売りさばく奴らのことだ。転売屋、とバイヤーをかけて〝転売ヤー〟だ。

達也が目をつけたのは、スニーカーだった。

子供の頃、靴屋でスニーカーを見ているのが好きだった。ぱっと光る鮮やかな色使いと履き心地を考えつくされたハイスペックの数々は、まるでレーシングカーのようにかっこよく見えた。

大人になってからもネットカフェに泊まるたびに、雑誌のスニーカー特集を何度も読み込んだ。

特に好きなブランドはナイキだ。数量限定商品ばかりを絶え間なく発売するやり方には、苛立つこともあった。だが客の度肝を抜く斬新で遊び心に溢れたデザインは、全力で追いかけずにはいられない輝きがあった。

今日発売のスニーカーは、ＮＢＡのスーパースター、マイケル・ジョーダンの名を冠したバスケットシューズ、エア・ジョーダンだ。２０００年代前半のエア・ジョーダン不遇の時代にごく少数だけ発売された伝説のモデルにヴィンテージ加工を施した復刻版で、発売前から雑誌で大きな特集が組まれていた。

大阪中央部のミナミと呼ばれる繁華街。道頓堀川沿いにあるこのスニーカー専門店は、店構えはこぢんまりしているがスニーカー好きの間では聖地ともいわれる老舗だ。

これまでも何度か前日の営業終了を待ち構えて夜通し列に並び、激レアの限定モデルを手に入れてきた。きっと前から店員に目をつけられていたのだろうが、ちっとも気付かなかった。

徹夜明けの瞼を擦ったら覚えのない涙が滲んでいた。

列に並んだのはもちろん金のためだ。でも、それだけじゃない。ほんの一瞬だけ、激レアの限定モデル、目玉が飛び出るような高額なスニーカーが俺だけのものになる瞬間が欲しかった。こっそり履いてみるなんてことさえしなくても良いのだ。新しいゴムの匂いがぷんぷん漂うスニーカーを手に取ってしげしげと眺める瞬間。箱から出して枕元に置いて、一晩だけ一緒に眠るその時間。

たこ焼き屋とラーメン屋と串カツ屋とパチンコ屋とマンガ喫茶とコンビニが所狭しと立ち並ぶ道頓堀川沿いの道を、達也は両手をポケットに入れて背を丸めて歩いた。

達也が暮らすのは南海線のなんば駅のひとつ手前にある新今宮《しんいまみや》駅の近く、ドヤ街と呼ばれる日雇い労働者の暮らすエリアだ。三畳一間の部屋を借りるのに保証人はいらないし、家賃を先払いすると言えば身分証明書の提示さえ要求されなかった。

とっくに三十代も半ばを過ぎてはいたが、あの街ではまだ若いほうだ。体格にも恵まれた達也は、早朝に手配師が集まる〝寄せ場〟に行けば必ず何らかの肉体労働の仕事が見つかった。

こんな目に遭うならば、大人しく寄せ場に行っておけばよかったのに――。

けれど今日は、どうしてもスニーカーを買いに行きたかったんだ。

達也は通りの真ん中にある喫煙所の周囲を一周して、足元のシケモクを拾った。女物の細い煙草でピンクの口紅の跡がついていた。一口か二口しか吸っていない。いろんな意味で得した気持ちになって、少しだけ胸の痛みが紛れた気がした。

道頓堀川にかかった戎橋《えびすばし》を渡る。振り返ると有名なグリコの看板だ。まだ午前中なので人通りは少なく電飾はないが、じゅうぶん派手だ。川の向こう側には屋上に不格好な観覧車が鎮座したドン・キホーテがある。どこもかしこもやりすぎなくらい〝ど派手〟な街並みが広がる。

達也は道頓堀川沿いのウッドデッキのベンチに腰掛けて細いシケモクを吸いながら、大きなあくびをした。

本当だったら、今頃ずっしり重いスニーカーの入った紙袋を手に、眠気なんて吹っ飛んだ軽い足取りでドヤ街の部屋に戻っていたに違いない。

道頓堀川の流れは、真っ黒で淀んでいる。どぶの臭いが漂う。爽やかなウッドデッキはまるで悪い冗談のようだった。

2

蒸し暑さに目を覚ました。

見上げると戎橋《えびすばし》は早朝の閑散とした光景が嘘のように、たくさんの人が行き交っていた。三、四時間ほどぐっすり眠り込んでしまったようだ。

グリコの看板を背に記念撮影をする人たち。大きなスーツケースを転がして歩く外国人観光客。

「お笑いライブ興味ないですか?」と、道行く人に声を掛ける二人組の若者。

カメラと照明を従えて、パネルとマイクを手に街頭インタビューをしているテレビ局関係者の姿が目についた。

道頓堀川に架かる戎橋は、大阪で一、二を争う有名な観光地だ。周囲の人々はテレビ撮影の光景に特に足を止めることはない。

「あかんあかん! そんなんあかんわっ!」

甲高い怒鳴り声が響き渡った。まるでひったくりに遭った人の悲鳴のような声に、ぎょっとした。

カメラを向けられているのは、小柄なおばちゃんだった。

パンチパーマのような髪型、ヒョウ柄のワンピースから覗くのは、オーロラ色の光をギラギラ放つ蛇柄のスパッツだ。

「不倫は絶対あきまへんっ！　綺麗で賢い奥さんいてて、なんで不倫なんてすんの！　ごっつ頭悪い男やわあ！　女の敵やで！　もうこないな男はあっこ切ったりいな！」

おばちゃんは腕を振り回しながら、襲い掛かってくる怪獣のように目を剝いてカメラ目線で叫ぶ。

通りすがりの数名が振り返ると、ぴたりと立ち止まっておばちゃんとテレビクルーにスマホのカメラを向けた。

「はい、ありがとうございます。こちら非売品の、番組のボールペンを差し上げます」

まあまあ、とおばちゃんの怒りを宥《なだ》めるような仕草のスタッフたちは、皆目配せをしながら、いい画《え》が撮れたぞ、という顔でほくそ笑んでいる。

「わあ、ありがとう。かわいいボールペンやねえ。これ、何チャンで放送されるん？　何時から？」

おばちゃんは先ほどとは打って変わってすっきりした顔だ。

「えっと、すみません。こちらの番組は関東ローカルになりますので、大阪では放送されないんです」

「ええーっ！　ビデオとかも貰えへんの？」

「ごめんなさい。もしネット環境をお持ちでしたら、一部、インターネット視聴もできますが……」

「そんなんようわからへんわ。ケータイが精一杯や。じぶんがどないな顔して映ってるのか気になるわあ」

「あ、えっと、それでしたら、こちらをご覧ください」

スタッフはおばちゃんにチラシのような紙を押し付けると、脱兎のごとく去って行った。

「おばちゃんのらくらくホンで、こんなんできんのー？」

後に残されたおばちゃんは、渡された紙を振り回す。ＱＲコードが光に透けていた。

あんな年寄りにオンデマンド放送のチラシを渡したところで、やり方がわかるはずがない。そう思いながら見ていたら、おばちゃんが顔を上げた。

ばちん、と音がしそうなくらい、思いっきり目が合った。

無視して、真っ黒な道頓堀川の流れに目を向けた。

改めて見ると、その水はドロドロでほんとうに汚い。顔を背けたくなるような嫌な臭いがする。

小さい頃にテレビで、カーネルおじさんの像と一緒に道頓堀川に飛び込む酔っ払いの姿を見たことがあった。どれだけ楽しい出来事があったら、どれだけ正気を失ったら、こんな水に飛び込むことができるんだろう。

「なあ兄ちゃん、欲しいの買えたん？」

ぎょっとして身を引いた。

先ほどのヒョウ柄のおばちゃんが、いつの間にか隣に腰掛けていた。蛇柄スパッツに覆われた逞しいふくらはぎが、鼠を丸呑みしたばかりの蛇の腹のようですごく気味が悪い。

首にはショッキングピンクのおはじきを繋げたみたいなネックレス。耳には地球を模した青くて丸い大きなイヤリング。斜め掛けにした紺色の革製のバッグはそこだけ急にまともな感じで、貴重品が入っているのが丸わかりだ。

「えっ？」

妙に高い裏声で応じてしまった。

「朝、めっちゃ早くから、あっこの靴屋に並んどったやん。おばちゃん、角の喫茶店のモーニング始まんのに合わせて七時からお店おったけど、もうそんなえらい早い時分から兄ちゃんおったやんな？　ちゃんと欲しいの買えたん？」

おばちゃんはスニーカー屋のほうを指さして、パンダのような垂れ目で笑った。

「……ああ」

見られていたのか。舌打ちをしたい気分だった。

ポケットから格安スマホを取り出し、話しかけて欲しくないオーラを全力で放った。

「ほな、よかったねえ。ずっと並んどったもんなあ」

おばちゃんは、今、達也が手ぶらであることには頓着していない様子だ。

にこにこ笑いながら花柄のエコバッグの中をごそごそ探る。大きなアルミホイルの塊を二つ取り出した。

「兄ちゃん、朝から何も食べてへんねんやろ？　お腹減っとんね？　おこうこのおにぎり作ったからひとつ食べや？」

達也の答えを待たずに一つを押し付ける。

断ろうとしたが、すぐに金のことを考えた。

ずっしり重いおにぎりだ。店で買ったら百五十円くらいは取られる。それに、寄せ場の近くの百円うどんの屋台よりは、まともな材料を使って清潔に作ってあるだろう。

「……どうも」

アルミホイルの継ぎ目を探すのに少し時間がかかった。

巨大なマシュマロのような形のおにぎりだ。細かく切った黄色い沢庵が混ぜ込んである。マスクを外して一口齧《かじ》ると、猛烈な甘さに目が眩みそうになった。

思わずぐふっとむせてから、沢庵はもちろん、何より海苔が甘いのだと気付く。シールのように二重三重にべたべたと味付け海苔が貼られていた。

「なんだこれ」

ぼそっと呟いた。

「やっぱ兄ちゃん、大阪の人とちゃうねんな。俵形に味海苔。こっちじゃこれが普通やで。最近はコンビニの真似して、若い人、三角形のおにぎり作らはるけどな。けど、海苔は絶対、味海苔しかあかんねん。コンビニも大阪のはきちんと味海苔にしてるわ」

おばちゃんが説明し慣れた人の口調で言った。

「味付け海苔……」

達也は齧りかけのおにぎりを見つめた。

半年前に新今宮へ流れ着いてから、コンビニのおにぎりを食べたことは何度もあった。けれどはなから腹を満たすためだけの餌みたいなものだった。コンビニのおにぎりってこんな味だったっけかな、と思う程度の違和感しかなかった。

言われてみればこれは味付け海苔だ。

甘いおにぎりは、こういうものだと思えば不味いとは思わない。むしろ空きっ腹に染み入る優しい味だ。

ほんの少しだけ頰が緩む。

「えっ、兄ちゃん、なんで歯ぁないの?」

おばちゃんのぎょっとした声が鋭く響いた。

3

ずっと昔から、なるべく口を開かないようにして暮らしていた。だから新型コロナウィルスが流行して日本中の皆がマスクを着けるようになったときは、心底ほっとした。

喋るときは顔を伏せて最小限の受け答えだけをする。

ごくたまに気を抜いてふっと笑みを漏らしてしまうと、決まって相手の視線が勢いよく口元に注がれるのがわかった。

現場の同世代の奴ら、呑み屋で隣り合わせた客、飛田新地《とびたしんち》で出会う女、誰もがマズイものを見てしまった、と眼を逸らす。そのたびに耳元でごおっと嫌な音がした。

この世の皆が俺を嘲笑っているような気がする。すべてが敵だ、と思う。ポケットの中で拳を強く握り、俺はお前のことなんていつだってぶん殴れるんだぜ、と胸の中で呟いた。

おばちゃんは無遠慮に達也の口元を覗き込むと、矢継ぎ早に言葉をぶつけてくる。

「まだ若いのに、歯ぁどうしたん？　しゅっとしとんのに、もったいないわあ。保険診療やったらあんたが思っとるよりお金取られへんで。歯医者行くときはな、まず受付でいくらなら払えるか言うたらええねん。これでできるとこまででお願いします、ってな。そしたら高いのとどう違うんとか難しいことはわからへんねんけど、それなりにやってくれんで」

「……見んなよ」

達也は急いでマスクを着けて口を押さえ、顔を背けた。

息が浅くなる。胸の中がざわついていた。

いちばん触れられたくない話だった。けれど、目の前にいるお節介焼きなおばちゃんがいかにも好きそうな話題だ。

「もしあれやったら、おばちゃん通ってる歯医者さん聞いたろか？　兄ちゃん新今宮あたりにいてる人なんか？　南海線で岸和田まで二十分やろ？　通えるやん」

おばちゃんが革のバッグから携帯電話を取り出した。

兄ちゃん新今宮あたりにいてる人なんか？　新今宮は全国最大ともいわれる日雇い労働者の街、西成の最寄り駅だ。おばちゃんの呑気な言葉が刺さった。

教会でボランティアに切ってもらう髪、露店で数百円で買った古着のジャージ、黒い汚れがこびりついた爪。自分の現状をことさら隠すつもりはなかった。だがこんな明るい顔で何の気もない調子で言われると、胸が苦しい。

注目なんてされたいはずはない。それなのに、おばちゃんの平和な日常の中にあっさり組み込まれてしまうのも嫌だった。どうしたらいいのかわからなくなる。

「ほっといてくれ、って言ってんだろ」

低い声で凄むように言った。

「うわっ！　怖っ！　あんた目上の人に何て口利くん。おにぎり貰っといて！　ぜんぶ食べといて！」

おばちゃんの顔が豹変した。足をどすんと踏み鳴らす。太った蛇みたいな腹が強そうに揺れた。

ああ、めんどくせえ。あんたが勝手に声かけてきたんだろ。

達也はうんざりした気分で鼻息を吐いた。

「……あんた、暇なんだな」

勢いを付けて立ち上がる。

「暇ちゃうで。おばちゃん、ここでちゃんと働いとんのやで！」

おばちゃんが金切り声を上げた。

このあたりにあるたこ焼き屋か、お好み焼き屋か、串カツ屋のおばちゃんなのだろうか。だからスニーカー屋に並んだ達也の姿に目を光らせていたのか、と納得した。薄汚いオッサンが夜通し商店街に並んでいたのが、気味悪かったに違いない。

くるりとおばちゃんに背を向けた。

「ちょ、ちょう待ちや、どこ行くん？　まだ話、途中やで！」

おばちゃんが慌てて目の前に滑り込んできた。立ち去りかけた達也に、摑みかからんばかりの勢いだ。

「働いとるって言うても、お店の人とちゃうのよ。おばちゃん、タレントや、タレント！　〝大阪のおばちゃん〟の広報活動しとるんや。今日はわたしひとりしかおらんねんけど、土日とかは同じ事務所のお仲間もいっぱいいくんで！」

達也は、「はあ？」と眉間に皺を寄せた。おばちゃんの全身をまじまじと眺めた。

「〝大阪のおばちゃん〟は、天然記念物や。あ、ちゃう、無形文化財や。あれ？　世界遺産？　どない言うかわからへんねんけどな、大阪のおばちゃんはご当地キャラみたいなもんやで」

おばちゃんが得意げに胸を張る。

「……はあ」

達也はスマホの画面にちらりと目を向けた。

「わたしら、皆さんと写真撮ったり道案内したりしてタレントとしての瞬発力養う訓練にもなりますさかい。今のところはボランティアやけどね。いずれは橋下さんとか吉村さんとかそんな人らに交渉して、きちんとお金にしよ思てます。うちの社長はやる言うたらやるよ。きっと近いうちに話まとめてきはるわ」

おばちゃんが居住まいを正した。

「申し遅れました。わたくし、タレントの小畑とし子と申します。主にCMとかバラエティ番組とかで、〝大阪のおばちゃん〟の仕事してますぅ」

「……あっそ」

なんだか息が詰まった。

生まれ育った大阪という地が大好きで、〝大阪のおばちゃん〟なんて嬉しそうに自称している。下品な大声と派手な服。こてこての大阪弁で怒鳴り散らして、東京から来たテレビ局の求める〝大阪のおばちゃん〟像を嬉々として演じる姿。

「ねえあんたさ、よく笑ってられんな」

嘲るように言うつもりだったのに、妙に真剣な声が出た。

「みんながさ、あんたのこと馬鹿にして笑ってるんだよ。気付いてねえの？」

テレビ局のスタッフの目配せと含み笑い、遠くから何の断りもなくおばちゃんを撮影して喜んでいる人々。

「はあっ!?　あんた何言うてんねん!?」

おばちゃんがぶち切れた。

目をかっぴらいて真っ赤な口を開けて、フグみたいな顔をして叫んだ。

「あんた、そないな憎そいこと言いなや！　おばちゃん、もう怒った！　めっちゃ怒ったで！」

おばちゃんが両拳を握り締めて、上下にぶんぶん振り回す。

「ちょっとこっち来いな！　ええもん見したるわ！」

達也の袖をぐいっと摑んだ。

「皆さんがおばちゃんといて笑ってくれてるのは、楽しいからや！」

年寄りなんて簡単に振り払えると思ったのに、おばちゃんの力は案外強い。

あれっと思ってよくよく手元を見ると、布地をぐっと返す逆手で摑んでいた。

最後に誰かに手を引かれて歩いたのなんて、どのくらい前だろう。

この人は俺のことが怖くないんだろうか。気味悪くないんだろうか。

なんだか毒気を抜かれたような気分になって、おばちゃんに引き摺られるままに後をついていった。

4

「うわっ！　大阪のオバチャンだ！　ホントにヒョウ柄着てる！」

道頓堀をずんずん進んでいると、自撮り棒を手にした若い女のグループが歓声を上げた。

おばちゃんの足がぴたりと止まる。

「逃げたらあかんで。おばちゃん、ファンサービスや。ちょっと待っとき」

おばちゃんは殺し屋のように眉を顰《ひそ》めて低い声で囁いた。

次の瞬間、元から垂れた細い目をうんと垂らしてぱあっと笑顔を浮かべる。

「こんにちはあ。どこから来はったの？　道迷ってへん？　どこ行きたいとかあったらおばちゃんに聞いてみ？　おばちゃんこのへんのことなら何でも知っとんで。グリコの看板行きたいんか？　そんならここの道、どわーってまっすぐ行って、ぐおーって曲がったらすぐや」

大袈裟な身振りで説明するおばちゃんを囲み、いつの間にか女たちは撮影会を始めている。シャッターが切られるたびにおばちゃんは大口を開けたり目を剥いたりして、サービス満点に怪獣のようなポーズを取った。

「はい、撮影料五千円。って、嘘や。おばちゃんハワイでオウム連れてる男やないねんからな。そないなケチくさいこと言うわけないやろ。おどかしてごめんね。飴ちゃんいるか？」

「きゃあ、ホントにアメちゃんくれるんだ！」

女たちが子供のように燥《はしゃ》ぎながら、おばちゃんから飴を受け取った。

「ほな、気ぃつけてな。知らん人についていってったらあかんでえ。あ、わたしも知らん人やったっけな」

おばちゃんは女たちに手を振ると、「お待ちどおさん、そしたら行くで」と、達也に向き合った。再び逆手で達也の服をしっかり摑む。

「行くって、どこに？」

「兄ちゃん今、いくらあんの？」

いきなり客引きみたいなことを言われて、えっ、と身構えた。

「俺、金なんかぜんぜんねえよ」

「せいせい、見たとおりやな。ほな、おばちゃんあんたに五千円貸したるから、それでチケット買いね」

「五千円？　チケット？」

見ず知らずの人に貸すには大金だ。それにチケット、というのは何のことだ。

「言っとくけど、お金、ぜったい返してな。人にお金貸すときは返ってけえへんと思い、って、そんなん大阪のおばちゃんには通用せえへんで。せいせい、着いたで」

たこ焼き屋とラーメン屋とパチンコ屋の立ち並ぶ一角に、急に駅ビルのような真新しいお洒落なビルが現れた。

「なんば、グランド……」

「かげつ！　なんばグランド花月、ですねん。兄ちゃん、吉本新喜劇って知っとる？　大阪では知らん人おらんのやで」

この程度の漢字くらい読める。むっとしながら肩を竦めた。

「ここな、最初が漫才と落語でな、後半が新喜劇。観たことあるやろ、テレビで。あれが生で観れんのや。観光客の皆さんめっちゃ喜びはるんよ。道頓堀で写真撮ってさあこれからどこ行こか、ってなったとき、いっつもここに連れてくるわあ。吉本に感謝状いただいてもええくらいちゃう？　ほな行くで。お姉さん、本公演、大人二枚、ええ席ちょうだい」

おばちゃんは足早にチケット販売窓口に向かうと、二枚のチケットをひらひらさせながら戻ってきた。

「はい、ええほうの席。こっちのが真ん中に近いから、こっちがええね」

「俺、観光客じゃ……」

「そんなん見りゃわかりますう！　もうお金払ったんやで。今さらがたがた言わんといてな！」

おばちゃんは膨れ面でチケットを達也の胸に押し付けた。

「わあ、新喜劇、生で観んの何十年ぶりやろ。近くにあるとあんま行けへん、ってやつやなあ。通天閣、上れへんのと一緒。けど、たまにはこういうの観てちゃんと勉強せなあかんね」

おばちゃんは劇場階へ向かうエスカレーターに乗って、周囲を見回しながら華やいだ声を出す。真新しいビル全体に、酔っ払いのような異様に陽気なオッサンの歌声が流れている。

達也の腕を摑んでいたおばちゃんの逆手の右手は、いつの間にか肘のあたりにちょこんと添えられている。

「兄ちゃん、見てみい。あんなおっきいグッズショップあんのん知らんかったわあ。いつできたん？　あ、すっちーさんのキーホルダーとか売ってはるわ。はっぴゃくえん！　観光客のみなさん、めっちゃお金持っとるんやねえ。あっ、こんなん言うたらあかんか？　追い出されるわ」

おばちゃんは慌てた様子で口を押さえた。達也の腕をぽんぽんと叩いて明らかに燥《はしゃ》いだ様子だ。

「やめろって」

達也は思わず、乱暴に腕を振り払った。

「あ、ごめんね。もうここまで来たら、兄ちゃん観念しとるよね」

おばちゃんは恥ずかしそうに手を離すと、胸の前で何度も揉み手をした。目が合うと、ちっとも気にしていない、とでもいうようにわざと笑って見せる。

年寄り相手に邪険にしすぎたか。少しだけ申し訳ないような気分になりながらも、小学生じゃあるまいし、と唇を尖らせた。

なんだ、この感じ。

達也は眉間に皺を寄せた。

5

なんばグランド花月は、千人近く入りそうな大きな劇場だった。

クラシックコンサートでも始まりそうな重厚なつくりの劇場なのに、流れているBGMは先ほどの調子っ外れな明るいオッサンの歌声だ。

ビロード張りのふわふわの椅子に腰を沈めた。

誰かと並んで舞台を眺めた記憶なんて一度もない。劇場の椅子というのはこんなに座り心地が良いのかと驚いた。

「兄ちゃん、足、何それ。ちゃんと閉じとき。隣に迷惑や。マナーや、マナー」

おばちゃんに膝小僧をぴしゃりと叩かれて、自分でも驚くほど素早く足を閉じた。

天井の照明がまだ明るいうちに、「デビュー三年目」と自己紹介をした若手漫才コンビの前説が始まった。

スーツがまるで借りてきたもののようだ。

「スーツが似合っていなかったから」という理由で警察に職務質問をされて捕まった振り込め詐欺の受け子というのは、きっとこいつらみたいな雰囲気なのだろう。

携帯電話の電源を切るようにと再三確認される。「ええですか？　録音、録画、禁止ですからね？」禁止マークの描かれたパネルを示す若手芸人の額は、汗びっしょりでぬらぬら光っている。

右隣のおばちゃんはまるで孫の学芸会にやってきたおばあちゃんのように、芸人の言葉のひとつひとつに大きく頷いて微笑んでいる。

客席の若い女の、きゃははという笑い声。熱心なお笑いファンらしき中年男がくしゃみでもしたように肩を揺らす。

これから思う存分楽しい時間を過ごすぞ、という期待に満ちた雰囲気が劇場に広がっている。芸人たちの緊張しきった顔も、少しずつ綻《ほころ》ぶ。

いい気になりやがって。

胸がざらついた。意地の悪い気持ちがむくむくと湧き上がった。

俺は別に笑いたいなんて思っていない。何が何だかわからないままここに連れてこられただけだ。絶対に笑ってやるものか。

気付けば達也は両腕を前で組んで、舞台に冷めた目を向けていた。

前説が終わると舞台が暗転して、明るい色使いの舞台セットが登場した。舞台の下からスタンドマイクがにゅっと現れる。

そこから続いた若手芸人の漫才も、曲芸師の大道芸も、ひたすら胸がむかむかした。

ただけたたましく喋るだけで、観客がいくらでも笑う。大声や大きなリアクションなど、芸人が少しでも気張った様子を見せると、それこそ待ち構えていたように笑う。

こいつらみんな、何が面白いんだ。まったくわからない。

達也はどんどん温まっていく客席に苛立ちを募らせながら、じっと舞台を睨み付けた。

おばちゃんは皆が笑っていないときも、ずっとけらけら笑っていた。

「あんた、たっかいお金払うてるんやで。笑わな損！　元、取れへんで」

前半最後の転換のために舞台が暗転したそのとき、おばちゃんが低い声で囁いた。

「そないな仏頂面してたら、おもろいもんもおもろないわ。とりあえずわろとき。わろてたらほんまにおもろなんねん」

おばちゃんが達也の腕をぴしゃりと叩いて、素早く舞台に向き合った。

とりあえず笑う——。

嫌なこった、と胸の中で悪態をつきながら、渋々前を向く。

えっ？　と、思わず眉を顰めた。

トリに現れたのはいかにもベテラン、という雰囲気の初老の二人組だった。

先ほどの若手たちとは明らかに何かが違う。

同じようにまったくスーツが似合っていないのに、今度の二人には〝社長〟とでも呼びたくなるような重々しい風格が漂う。

どっしりと腰が据わっているのだ。

まるでマウンド上のピッチャーのように隙のない流れでマイクに向かって立つ。舞台の照明に煌々と照らされても一滴たりとも汗をかいていない。

「どうもー、ありがとうございます」

いかにも適当な挨拶なのに、役者のセリフのようにはっきり聞こえる。

ありがとうございます、と言われた。

なぜかその言葉が胸にずんと残る。

二人とも声が怖かった。低くて嗄《しわが》れていて獣の唸り声のようで、〝ボケ〟も〝ツッコミ〟も両方が、とんでもない怒りを抑えてどうにかこうにか喋っているかのようだ。

しかしその声が、嫌になるくらいよく通る。

「なんでやねん」

「ちゃうねん、ちゃうねん」

「やったろやないかい」

「そんなん言うたらあかんやろが」

どーんと大波が押し寄せるように笑いが起きる。

ここての大阪弁の早口だ。ほんの少し気を抜いたら不思議な呪文にしか聞こえなくてもおかしくない。

だが言葉が耳を摑んで離さない。常に意味を保って熱を持って、頭の中に勢いよく飛び込んでくる。

「ちょう待て、どないやねん」

「どういうこっちゃそりゃ」

達也の人生で一度も発したことがないフレーズのはずなのに、壇上の二人がぼそっと呟いた一言まで、はっきりと明瞭に聞き取れた。

そしてふいに、腕に鳥肌がざわっと浮かんだ。

この二人は俺が笑っていないことに気付いている。この千席近くある真っ暗な客席の中で誰が笑っていて、誰が仏頂面で白けた顔をしているのか。きっとすべて把握している。達也にはそうとしか思えなかった。

二人の眼光は鋭い。作り笑いの目だけが笑っていない、というのとは違う。最初から彼らは一度だって笑ってなんかいないのだ。

頭の中を限界まできりきり回転させて、目に見えないものにまで睨みを利かせて、全身全霊で俺を笑わせようとしているのだ。

――怖い。

達也は思わず胸の上で組んでいた両腕を解いた。膝の上で祈るように手を組み合わせる。身が竦んだ。手首までびっしり鳥肌が立っていた。

「笑えや。じぶん、なんで笑わへんのや。はよ笑え。笑えや!」

広い客席の中の達也ただひとりを見据えてそう凄む大阪弁が、頭の中ではっきり聞こえた。

喉の奥がびくりと震えた。

口を歪めて笑った。マスクの中でもちゃんと自分が笑っていると伝わるように、まっすぐ舞台の上に向かって笑ってみせた。

はっと息を吐く。

胸のあたりでぷちっと糸が切れる音がした。

そこから達也は笑った。

イライラした様子で地団駄を踏むツッコミの男の仕草に。ボケの男の悠然とした、しかしいかにも悪《あく》どそうなしたり顔に。

くすくす、でもなければ、にやにや、でもなく、あははは、でもなく。ただ胸に詰まった息の塊をどっと吐き出して、声にならない声を出して笑った。大口を開けたら乾いた唇が切れて血の味がした。

笑ったら、舞台の上の男たちは少しも怖くなくなった。

6

小さな子供の歯を磨くというのはとても大変なことだ。

嫌がって逃げ回る子供を押さえつけて、口をこじ開けて、子供用の小さな歯ブラシで前歯はもちろん、奥歯の隅までしっかり磨く。それを毎日朝晩二回必ずやる、というのは育児の中でもかなり面倒な作業のひとつだろう。

子供の健康のため、将来のためになると信じて、全力で抵抗されることを無理やりにでもやり遂げる、というのは、実はとんでもなく深い愛情によるものだ。

そして達也は一度たりとも親に歯を磨いてもらったことはなかった。

生まれたのは北関東のとある田舎町だ。遠い昔には大きな工場がいくつもあったが、すべて閉鎖になった。達也が生まれた四十年近く前には既に、うらぶれた団地ともっとうらぶれた掘っ立て小屋が立ち並ぶだけの、辛気臭い土地だった。

父親はうんと身体が丈夫な解体屋だったので、あの地域の中ではまだ金に余裕がある家庭だった。

だが父親は酒を飲むと決まって、一切の加減なしに達也と母親に襲い掛かってきた。いつも顔を腫らしていた母親は、怪我の具合を心配してくれたパート先のコンビニの社員と恋に落ち、達也が小学校に入る前に行方不明になった。

残された達也は、当然のことながら父親と二人きりで暮らす羽目になった。

父親は掃除を一切しないのでアパートの部屋の中はゴミ溜めだ。台所は腐った生ゴミで埋まって使えなかったし、浴槽にも黒い水が溜まっていた。床の見えない六畳間の中を、蠅やゴキブリはもちろん、時々大きなネズミが駆け抜けた。

けれども達也は、父親のことが好きだった。

スーパーで一緒に新商品のカップラーメンを選んでいるときや、急に思いついたように散歩にでも行こうかと誘われた道のり。クリスマスに、パチンコの景品の靴下に入った巨大なお菓子セットを貰ったときは、「お父さん大好き！」と叫んでひしと抱きついた。

父親と一緒にいれば、酔っ払いも浮浪者も少しも怖くなかった。父親が「ああ？」と一言低い声で凄むだけで、皆、慌てて目を逸らして逃げて行った。

「達也はほんとうにかわいいなあ」なんて機嫌よく答えたその日も、夜になると父親はべろべろに酔っぱらって、何もしていない達也のことを身体じゅうあちこち紫色に腫れ上がるくらいぼこぼこにした。

でも父親のことを嫌いになんてならなかった。愛されていると信じていた。達也はきっとこの世のすべての家族が、こんな感じで喧嘩をしながら仲良く暮らしているものだと疑わなかった。

そんなささやかな幸せが崩れてしまったのは、達也が小学六年生になったある日のことだった。

「あのさ、オレ、しばらくこの家、帰れないわ。友達のとこ行くことになっちゃってさ」

気まずそうな顔でそう言われたとき、達也は間髪容れずに「ダメ！」と大きく首を横に振った。

「友達って女の人？　俺も一緒にそこ行く！」

この部屋でひとりぼっちになるなんて耐えられなかった。

だが父親は唇を尖らせて目を逸らした。

「そいつがさ、お前とは一緒に暮らしたくないって言うんだよ。可愛くてちっこいガキだったらまだ良かったんだけどさ。お前、デカいだろ。思春期の男坊主と一緒に暮らすのとか、気持ち悪いからヤダ、ってさ」

父親はさらっと言った。

そのとき達也の身長は百七十センチ、体重は八十キロもあった。小学六年生としてはかなり大柄だ。

父親の恋人にカワイイカワイイと抱き締めてはもらえない図体だとはわかっていた。

だが、「気持ち悪いからヤダ」という言葉は、達也の胸にざくりと刺さって血がだらだら流れた。

「じゃあ、俺ってどうすんの？」

喉がからからに渇くのを感じた。

「あっちの家さ、ここから歩いて一分ぐらいなんだよなあ。バス停のところの貸ガレージの裏、きったねえアパートわかるだろ。あそこの二階。すげえ近いし、何かあったらすぐ来てやるからさ。お前、ここでひとりで暮らせよ」

「えっ？」

首を傾げた。

「お前、しっかりしてるし、ひとりで大丈夫だって」

「やだ、無理だよ。俺、まだ小学生だよ」

ひとりの部屋は怖かった。

父親が飲みに出た日は、かなりの確率で殴られるとわかっていても、とにかく早く家に帰ってきて欲しかった。妄想の中の殺人鬼やゾンビや妖怪に襲われるくらいなら、父親にいつもの調子でぶっ飛ばされるほうがずっと安心できた。

「えー、けど、オレと一緒に住まなかったら、お前、もう叱られたりとかしないで済むぜ。その方がいいって」

父親は心底軽薄な調子で、えへへ、と笑って目を逸らす。

「やだ、一緒に暮らしたい」

お父さんは俺の代わりにその女にパチンコの景品を持って帰ってやって、その女を殴るんだ、と思ったら胸が苦しかった。

俺のことはもう本当にいらないんだ。

「参ったなあ……」

父親の目に苛立ちの炎がめらっと点った。

さあ、始まるぞ、と、達也は奥歯を噛み締めて身構えた。

どれだけ殴られても蹴られても構わない。俺は何があってもお父さんと一緒に暮らすんだ。

「わかった、じゃあさ、プレステ買ってやるよ！　そんで、テレビ独り占めして好きなだけゲームやっていいからさ。それだったらいいだろ？」

父親がヤケクソの調子で怒鳴った。

「ええっ!?」

いきなり世界がぱあっと輝いて見えた。何万円もするゲーム機をぽんと買ってくれるなんて、夢にも思ったことはなかった。

同級生の中でも、すごくお金持ちの家の子しか持っていないものだ。自分には決して手に入らないと思っていたものだ。

もしもプレステがこの家にあれば寂しくなんかない。辛いことなんてすべて忘れてしまえるような気がした。

達也はまだ十二歳だった。

父親の気が変わる前に、何がなんでもこの夢を現実にしたかった。

日々の生活の環境とプレステを天秤にかける、なんてことはできるはずもなかった。

それからすぐに父親は女の部屋に引っ越して、達也にコンビニで買った食料を渡すためにごくたまに帰ってきた。

部屋には約束どおりほんとうにプレステが置かれて、昼も夜も時間を気にせず遊ぶことができた。ゴミ溜めになっている台所には駄菓子が大量に買い置きされていて、腹が減ったら夕飯の代わりにそれを食べた。

そのひとり暮らしの部屋から、達也は中学卒業までどうにかこうにか学校に通った。

寝落ちするまでゲームをやって朝起きられず、学校をサボることはしょっちゅうだった。学校からの保護者宛のプリントはもちろん渡す相手がいないので、集金も提出しなければ親子面談さえしない。けれど日々の食事もろくに摂れずに給食だけで食い繋ぐような家庭の子がうじゃいる学区の中で、達也の家庭環境に目を留める人は誰もいなかった。

大人になってから、あれは確実にネグレクト、という名の虐待だったと知った。だが、虐待、という言葉から連想する、いたいけな可愛らしい子供が目に涙を溜めているような姿には、冗談じゃないという気分だった。

きっとあの頃学校で出会った教師たちは、あんな奴に手を差し伸べてやる必要はない、と思っていたに違いない。

なぜなら、達也は少しも可愛くない子供だったから。

歯磨きをしないので虫歯だらけのぼろぼろの歯をして、風呂に入らないから臭くて汚くて、スナック菓子やインスタント食品ばかり食べているのですごく太っていた。

それでしょっちゅう顔を紫色に腫らして、寝不足で虚ろな顔をしているのだから、同級生からすると気味の悪いモンスターのようなものだ。

大人も子供も誰もがみんな、不潔で醜い子供なんて大嫌いだった。

誰もが達也のことを、早くいなくならないかな、どこか遠くへ行ってしまえばいいのに、と思っているのが手に取るようにわかった。

達也のことを気味悪がらずに、かわいい、なんて言ってくれたのは、この世にただひとり、あの父親だけだ。

かなり早い段階でわかっていたが、この人生は失敗だった。生まれてこなければよかった。

胸に渦巻くのは、将来の展望なんて輝かしいものではない。これがあとどのくらい続くんだろうという重苦しいものだった。いっそ早く終わりにしたい。けれどそれさえ面倒くさかった。

中学を卒業してからは、期間工として愛知県で二年ほど働いた。それから東京で新聞配達員をしたがすぐに辞めた。横浜のかつて赤線があった地域で日雇い労働を始めてから、日本中のドヤ街を渡り歩いている。金がなくなったら働きに出て、働くのが面倒くさいときは缶チューハイを手に外をぶらぶら歩く生活だ。

我慢して嫌な力仕事をして、それが終わったら酒で憂さを晴らす。ひたすらそれが続くだけの人生だ。

腐った歯がぽろりぽろりと抜け落ちるたびに、もう俺は一生まともな世界に行くことはできないんだな、と静かな諦めの気持ちが胸に積もった。

ただ時々、猛烈な怒りの炎が腹の中をのたうち回ることがあった。

すべての人間が俺を笑っている。俺を馬鹿にしている。ただ生まれた環境が幸運だっただけの奴らが、親に愛してもらえただけの奴らが、俺のことを醜い臭い汚いと笑っている。

一旦そんな妄想に囚われてしまうと、しばらくは全身が燃えるような怒りが抜けない。通りすがりに肘が当たっただけのサラリーマンとつかみ合いの喧嘩になったり、酔っぱらってわざと繁華街の道の真ん中で吐き戻してやったりした。

7

「あんたのお父さん、ようやったわ」

おばちゃんがハニーミルクラテをずずっと啜った。

なんばグランド花月の一階にあるタリーズコーヒーだ。道に面したいちばん目立つ席に、法被《はっぴ》を着た大きな熊のぬいぐるみが座っている。わざわざそのすぐ脇の席を選んだので、ヒョウ柄のおばちゃんと巨大な熊のぬいぐるみ、という強烈な絵面に通りすがりの人が勝手にカメラを向ける。

「……何それ」

あの父親のことを「ようやったわ」と言われるなんて想像さえもしていなかった。

言葉の意味が本気でわからなくて、怒る気にもならない。

達也は奢ってもらったブラッドオレンジジュースを手に、呆然としておばちゃんを見つめた。

「お父さん、こないおっきくなるまでよう育てたわ。子供の世話するのって、めっちゃたいへんやで。いっくらこっちが気ぃ張っても、怪我でも病気でも何でもすぐあかんくなんねん。兄ちゃん今、こないなええ身体して元気にしてて、ほんまによかったなあ」

おばちゃんが達也の背をぽんぽんと叩いた。

「いや、だから、世話とかされてねえよ。少し間違ったら死んでた。殺されてた」

「お父さん、今、どないしてんの？」

「……知らない」

達也の脳裏に蛍光灯とテレビの明かりに煌々と照らされた、ゴミだらけの部屋が現れた。

記憶の中の父親の顔はぼやけていた。

きっとずっと昔は心の底から求めていたはずの父親だった。どれほど殴られても、次の日に一緒にテレビの野球中継を観ることができたら、それだけでにこにこしてしまうくらい嬉しかった。

だが父親は俺を捨てた。

中学生になってその事実を理解すると、父親より一回り体格が良くなった達也は当然のように反撃を開始した。

コンビニの弁当の入ったビニール袋を提げて現れる父親の首根っこを摑んで殴り倒した。財布を出せと凄んで札をすべて抜き取った。ゴミを投げつけて消えろと叫んだ。

そのくせ父親が何日も部屋へやってこないと、父親が女と暮らす部屋まで行って、ドアを蹴りまくって喚き散らした。

一緒に暮らしてほしい、もっと側にいてほしい、少しだけでいいから可愛がってもらいたかったという想いは、くるりと引っ繰り返って、殺してやりたいと駆り立てられるような憎悪に変わった。

おばちゃんは「あちゃー」という呑気な相槌でも聞こえてきそうな顔で、大きく頷いている。

「そやけど、大事にせんとあかんよ。お父さん年取って身体悪うしたら、ちゃんとあんたがやってもろたこと、今度は、やってあげなあかんよ」

一瞬の沈黙――。

「兄ちゃん、ここやで！　ここや！『なんでやねん！』ってツッコミ入れるとこやで。さっきまで二時間もなに観てたん？」

おばちゃんがゲラゲラ笑って、達也の腕をぴしゃりと叩いた。

「そっか、弱った親父に同じことしてやったら、あっという間に死ぬよな……」

「あかんあかん、せっかくボケたのに何がおもろいかわざわざ説明すんのは、ほんまあかんわ」

おばちゃんが、あいたたー、とおでこをぴしゃりと叩いた。

達也はふっと笑った。

たった二時間の舞台を観ただけで、唇が笑顔の形に滑らかに動くようになっていた。

「人のこと笑わせんのって、めっちゃたいへんやで。〝職人芸〟やで。兄ちゃんみたいな素人にできることやないわ。今日観てわかったな？」

おばちゃんがまた達也の腕や背中をぺたぺたと叩く。少々やり過ぎなくらいのスキンシップだが、なぜか気持ち悪くはしない。

「兄ちゃんのこと笑っとる人なんて、どこにもおらへんよ。覚えとき」

涙がぼとっと落ちた。

うっと呻く。

胃のあたりが刺すようにきりきり痛んだ。痛い、痛い、と胸の中で呟くうちに、その痛みが胸に広がる。

テーブルの上に両肘をついて、掌で顔を覆った。

思いっきり大きく口を開ける。咳き込むように泣いた。

「よしよし、つらかったなあ。ええ子やね、よう頑張ったね」

おばちゃんが達也の背中と頭を交互に撫でた。

「ああ、ああ、そんな泣いて。ティッシュやな、ティッシュ。泣く子には飴ちゃんやな？　飴ちゃんは——あんたはこれ以上歯ぁ悪したらあかんからやめとこな」

おばちゃんがポケットから、フリルだらけのポケットティッシュケースを取り出した。

「これな、今、宝塚に住んどる中学時代のお友達が自分で作ってん。声楽の先生やってはる人やから、こういうぴらぴらしたの好きなんやろね」

言いながらティッシュを出して達也の顔に当てた。

「はい、兄ちゃん、ちーんな」

「やめろよ。自分でできるって」

達也が苦笑いを浮かべると、おばちゃんも「あらっ、いややわ」と照れ臭そうに笑った。

「おばちゃん、いっつも息子の鼻こうしてるから、ついやってもうたやないの。恥ずかしいわあ」

「えっ？　息子？」

孫の聞き間違いかと思って、訊き返した。このおばちゃんの息子が、自分で洟もかめないほど幼いはずがない。

「兄ちゃん、年いくつなん？　三十、いってへんかなあ？　うちの息子と同じくらいか？」

おばちゃんが質問に質問で返した。

「……とっくに越えてるって」

「ええっ、そうなん？　最近の若い人、みんなえろう若う見えんなあ！　おばちゃん、羨ましいわあ。まだまだ人生これからやん！　そない丈夫な身体してたら、でけへんことなんてないわ！　ほんまやで！　じぶんで歩けて喋れて、お店並んで靴買うたりできて……」

おばちゃんがいきなりハニーミルクラテを一気に飲み干した。ちょっとだけ咳き込む。

「あーあ、えらい笑うてめっちゃ喋ったから、喉からからや」

おばちゃんはにこにこしたまま、窓の外を眺めて長いため息をついた。首元に湿布がいくつも貼ってあるのに気付いた。大理石みたいな大きな宝石の指輪をした指の節は、ひどく荒れていた。

「あんたの息子――」

達也が思わず口を開くと、おばちゃんが「何よ？」と横目でこちらを見た。

ハリウッド映画の俳優みたいに、眉を片方だけ勢いよく上げて達也の顔を睨みつけてくる。口元がへの字に曲がって、苛立つ若者の真似でもしているように乱暴に肘をついてみせる。つまらないことを訊いたら、一瞬で「ほっといて！」と怒鳴り返されるに違いなかった。

「……いや、あんたの息子ってさ、なんか楽しいだろうな」

達也はティッシュで涙と鼻水を拭って、ふっと笑った。

おばちゃんの目が見開かれた。

はっとしたように達也に向き合うと、ぽかんとした顔でしばらくじっとこちらを見た。と、直後に目尻が大黒さまのようにふにゃりと垂れ下がる。

「わかるう!?　やっぱそやんなあ！」

おばちゃんが両手を口に当てて、ぐふっと笑った。

「そんなん言われんの、めっちゃ嬉しいわあ。おばちゃん、ほんまはただの主婦やからなあ。家のことか息子のこととかちゃんとやってる、って言われんのがいっちばん嬉しいわあ。自慢したなるやん。兄ちゃん、今日は付き合うてくれて、ありがとさーん、やね。あ、今の師匠のやつね」

おばちゃんが、猛烈な早口で喋りまくりながら、両手を振って達也が見たことのない誰かの物真似をしてみせた。

「坂田の師匠！　まあええわ。新喜劇やっぱええなあ。久しぶりに観て、今日は、めっちゃ気ぃ晴れたわあ。兄ちゃんともようさんお喋りできたしな」

おばちゃんが両手を花のようにぱっと広げて見せた。

「あかん、あかん、気ぃ晴れた、なんて言い方、おばちゃんらしないなあ。〝大阪のおばちゃん〟は、いっつもにこにこ、日本の太陽やで！　美味しいもの食べて、笑って、お喋りしたら、うっとおしいことなんてぜんぶ忘れますう！」

おばちゃんは選挙の演説のような言い方で、胸を張った。

「……ねえ、一個だけ教えて」

「ええよ、ええよ、どないしたん？　大阪のおばちゃんに任しとき？」

おばちゃんが達也の顔を覗き込む。

「俺って気持ち悪いかな？」

可愛い子じゃなかったから、気持ち悪い奴だから、俺は誰にも愛されなかったのかな。

おばちゃんの目がきらんと光った。

「せやね、ごめんやけどその通りやっ！」

間髪容れずにおばちゃんが答えた。

「お母さんせっかくあんたのこと男前に産んでくれはったのに、そないな歯ぁしとったらあかんわ。はよ歯医者行き！　見てるわたしの歯ぁ痛なってくんねん！」

おばちゃんは自分の口元を指さして、ぷりぷり怒っている。

「靴買おうとしたお金、まだ持っとるな？　ほなら今日、もう歯医者行きや！　騙されたと思って行ってみ？　顔ぜんぜん変わんねんで。鏡見たらうわっ、ってなんで。うちのおばあちゃんかて、入れ歯直したらいきなりしゃきんとしてたで？　十くらい若返って見えんで。今、九十五やけどな」

おばちゃんが達也の尻を叩いて、勢いよく立ち上がった。空のマグカップの載ったお盆を手に、二つ折りの携帯電話を取り出す。

「こんにちはあ、小畑農園の小畑ですう。せいせい、おおきにね。あんな、先生いてはるな？　今、横にいるんやけどな、この子、若いのに歯ぁほっとんどないねん。ご両親あかん人で、ちっちゃい頃、ぜんぜん歯磨きとかしてくれへんかったみたいなんよ。そうや、そうそう、そんな感じや。気の毒やんなあ。でね、お金あんまないんやけどね、今日はスニーカー買ういうて来たけど、まあ、いろいろあって買えへんかったみたいやで。一万と五千円ぐらいは持っとるんとちゃうかな。せい、せい。せやね。一度行かなあかんねえ。はいはい、それはわかっとります。遠い所から行くんやから、電車賃くらいはおまけしたってなあ」

おばちゃんが店内に響き渡る大声で、達也のトラウマから所持金まで、繊細な個人情報を一切合切ぶちまけた。

「よかったなあ。今日すぐに診てくれんで。わたしが電話したら一発やろ？　岸和田駅やなくて、急行でいっこ手前の春木って駅降りたらすぐや。岡田歯科ってえらい古い看板あるから。受付で小畑とし子さんの紹介です、ってちゃんと言いよ。あっこの先生もう八十過ぎとるからちょっと耳遠いからな。いつ行っても待たされへん。それがいちばんええとこ。あ、もちろん先生もええ人やで」

おばちゃんが達也のブラッドオレンジジュースのグラスを、手際よく片付けた。

「ほら、何、ぼけっとしとんのっ！　今日行かんかったら、あんたずっとそのまんまやで！　子供やないねんから、おばちゃん一緒には行かへんで！　はよ行きっ！」

おばちゃんは怒鳴りつけるように言うと、達也に背を向けてのしのしと店の外に出て行った。

8

春木駅前の商店街にある岡田歯科は、大きすぎる割れた看板のおかげですぐに見つかった。

「えらいほっといたなあ」

戦時中の手術室のように古めかしく恐ろしい雰囲気の診察台に座らされて、大きく口を開けるように命じられた。

薄い白髪頭で皺くちゃで痩せ細った高齢の歯医者は、もはや歩くのがやっとという様子だ。幾度もよろめきながらどうにかこうにか椅子に腰かけて、達也の口の中に指を突っ込む。

「兄ちゃん、お金あんま持ってへんってほんまか。そしたら保険で差し歯でええな。根っこぜんぶ腐っとったら入れ歯にするしかないけどな。ひとまず今日は型取って、プラスチックの仮歯入れとこな」

歯医者は治療方針を達也本人に相談することは一切なく、頼もしい口調で言い切った。口を閉じて良いとも言わずに、ふらつく足取りで作業台へ向かう。

「あっ、あかん。まちごうたわ」

何やら手を動かしながら、そんなぎょっとするようなことを平気で言う。

「せんせい、そっちちゃいますよ！　そんなん置いといたら、プラスチックあかんくなりますよ！」

「あ、ほんまや。これもう使えへんな。やり直しや」

受付のいかにもベテランらしい四十代くらいの女性が、叱りつけるような鋭い声を出す。白衣ではなく普段着姿なので、歯科衛生士ではなくただのパートのおばちゃんなのだろう。

頭の中に浮かんだことを、何から何まで余すところなく口にする人たちだ。だからもう一周回って逆に安心した。この人たちは、失敗したら誤魔化したりなんてできるはずがない。彼らが「これで良い」といえば、きっとそれは間違いなく「良い」のだ。

いかにも予定調和の様子の掛け合いに、昼間観た吉本新喜劇の芝居を思い出した。

待合室の古い自動ドアが開く大きな音。

「あ、正岡さん、こんにちはあ。えらいすいません、今、ちょうど患者さんいてるから、一時間かかるかなあ。買い物とか行ってきてもええですよ。順番来たら、ケータイ鳴らしますんでね。荷物あれだったら、こっち置いときますう？」

「あ、そうなんですね。わかりました。それじゃあお電話下さい。あと、荷物、別にぜんぜん重くないんで大丈夫です。よろしくお願いします」

テレビの中から聞こえてくるような標準語のイントネーションに、あれっ、と思う。

再び自動ドアの音。

「はいはいー、いってらっしゃーい」

受付の女性が、「せんせい、今、正岡……沙由美さん、いつもの歯のクリーニングにいらっしゃいましたよ。あ、あの人も小畑さんのご紹介やったわ。小畑さん、最近、若い患者さんめっちゃ連れてきてくださいますから有難いわあ。来年からお中元お贈りしたほうがええんとちゃいます？」と続けた。

「正岡さん、また来たんか。ここいら、毎月そんなんする人おらんからなあ」

歯医者がのんびりした口調で応じた。

「東京で通ってたとこの半額でめっちゃ白くなります！　って、えらい喜んではりましたよ」

「ほんまか？　東京えらいぼったくんねんな」

達也は口元をライトで照らされ続けたまま、うとうとと微睡《まどろ》んだりはっと覚醒したりを繰り返しながら、長い長い時間を過ごした。

「よっしゃ、できた！　鏡見てみ」

古い金属製のずしりと重い手鏡を渡されて、自分の顔を見た。

「兄ちゃん、めっちゃ男前やんけ。こっちのが百倍ええわ」

「わっ、ほんまや。こない変わると、こっちが嬉しなるなあ。せんせい、ええことしましたね」

受付の女性が一緒になって覗き込む。

「せやろ。ほんまはぼく、歯ぁ作るの得意とちゃうねんけどな。これは大成功や。仮歯にしとくのもったいないわ」

「ちょっとせんせい、変なこと言わんといて！　患者さん驚いてらっしゃるやないの！」

鏡に映ったのは知らない男だった。

オランウータンのように口元を剝き出しにしてみる。びしりと揃った大きな白い歯が並んでいた。

驚いて口を閉じる。

頰のあたりがふっくらして、口の周りの皺が一切なくなっていた。そのせいでちょっとぎょっとしてしまうくらい若く見える。

日に焼けて肌が荒れて不精髭の散った顔が、冗談ではなく十歳若返っていた。

十歳若い人生――。

心の中で唱える。

十年分の若さと美貌を取り戻した美人女優みたいな気分になる。これからどんなことをしようかと胸が高鳴った。

「笑ってみ。にこっ、てしてみ。ぜんぜんちゃうで」

歯医者に促された。

幾度か頰の筋肉を強張らせたり緩めたりしながら、ちょうどいい具合に笑う。

唇から白い歯が覗く。むさくるしい男の顔の中でそこだけぺかぺかと安っぽく光る歯は、胸が締め付けられるほど愛おしかった。

「……ありがとうございます」

震える声で呟いた。

「そしたら、お会計、小畑さんのご紹介価格で九千円になりますぅ。二週間後に差し歯できあがってきますんでね。その頃のご予約、いつがええですか？」

受付のほうから、古いレジが、がしゃんと鳴る音がした。

「あ、あとね。さっき小畑さんこっそり覗きに来はったわ。これ、忘れたらあかんから今渡しときますね。ラブレターとちゃいますかねえ、うふふ」

ラミネート加工された真新しい診察券と一緒に、一枚の小さなメモを手渡された。〝池田泉州銀行〟と印刷されたメモ用紙だ。

小畑とし子。名前の後に、携帯電話の電話番号が書かれている。

〈五千円ちゃんと返しにきてな〉

年配の女性らしい、流れるように綺麗な字だ。

ふっと息を抜いて笑った。

うるさいな、わかってるよ。ちゃんと返すよ。返すに決まっているだろう。

早く俺の新しい歯を、あのおばちゃんに見て欲しかった。

きっと、きんきん声の大阪弁でけたたましく騒ぎ立てて、大喜びしてくれるに違いない。

達也は自分の頬を撫でた。不精髭だらけの頬は、まるで大福餅のようにふにゃりと柔らかくなっていた。

宝塚のティッシュケース

1

わしゃわしゃわしゃわしゃわしゃ、と岸和田のおっちゃんが怒鳴り散らしているようなクマゼミの鳴き声が響き渡る。

上原光代《うえはらみつよ》はフェイラーのバラ柄のミニタオルで、額に滲んだ汗を拭った。

南海線春木駅で降りると、泉大津寄りの工業地帯から金属の焼けるような臭いが漂っている。日に焼けて筋骨隆々とした中年男性たちの前を通り過ぎると、猛烈な煙草の煙。振り返ると、皆、小学生の集団下校のように屈託ない笑顔で、揃って煙草を咥えていた。

学校の先生が職員室の机の上に灰皿を置いていた時代に、タイムスリップしたような気分になった。

宝塚には駅の近くに半透明の壁で区切られた喫煙所があり、そこも子供の登下校の時間帯は利用を禁止されている。時々、喫煙所以外の場所で煙草を吸っているサラリーマンを目にすることもあるが、決まって皆、思いつめたような後ろ暗い顔をしてこそこそしているものだ。

三十年ぶりに降り立ったこの町は、何も変わらない。うんざりするくらい。

どうしてここへ戻ってきてしまったんだろう。この町と私とを繋ぐものは、両親が亡くなったときに、きれいさっぱり途絶えてしまったはずなのに。

光代は臆する心を奮い立たせるように早足で進んだ。

〝旧の二十六号〟に出た。九月のだんじり祭の日になると、この旧二十六号は各町のだんじりが練り歩き、溢れんばかりの見物客でぎっしりと埋まる。

ど派手な電飾に覆われてどこからどう見てもパチンコ屋にしか見えない〝スーパー玉出〟の前に、一台の軽トラックが停まっていた。

「としちゃん！」

運転席に明るいパーマ頭の〝おばちゃん〟の姿を見つけた。

光代は手を振って駆け寄った。助手席のドアを開けて中を覗き込む。

「ああっ！　みっちゃん！　相変わらず美人さんやねえ。わっ、そのかっこ！　やっぱ子供いてへん人は違うな！」

いきなり強烈なパンチを喰らった気分で目の前がくらりと歪んだ。

息を止めて、口角をぐっと上げる。

あまり気張ってお洒落をするのもわざとらしいかと、一応、服は上下ともユニクロにしてきた。けれど、レペットの赤いバレエシューズに、アレクサンドルドゥパリのヘアクリップで長い髪をシニヨンにまとめた姿が、若作りしているように見えてしまったのだろうか。

ぐさりと刺されたように傷つく。

けど、とし子というのは前からこんな子だった。とし子も岸和田も、ただあの頃と何も変わっていないだけだ。

「迎え来てくれて、ありがとう。待った？」

軽トラックの下には、クーラーから流れ出す水たまりができていた。

「ええの、ええの。うちが早く着きすぎたわ。みっちゃん、めっちゃ久しぶりやねえ！　旦那さん元気？　最近もジョギング頑張ってはんの？」

とし子はＨＡＷＡＩＩと胸元に大きく書かれたワンピース丈のＴシャツ姿だ。

「あ、う、うん。元気よ。小畑さんは？」

強張った笑みを返した。

「あかん、あかん。血圧高くてコレステロールも高うてな。こんな、どわーって、山ほど薬、飲んでんねん。煙草は十年前に人間ドック引っかかってやめたけどな。野菜少しも食べてくれへんのよ。子供やないねんから、もう言うてもあかんな。なんかあっても、もう寿命やね」

とし子はひやりとするようなことを、にこにこ笑顔で言い放った。

――寿命。

胸の中で繰り返した。

軽トラックの中は塵ひとつないくらい綺麗だ。きっとハンディタイプの掃除機で、ゴムマットの隅まで念入りに掃除をしたのだろう。

「そうそう、そんでな、今、うち、芸能事務所に所属してますねん」

「は？　芸能事務所？　何それ？」

どこからどうみてもただの〝おばちゃん〟のとし子の顔をまじまじと見つめる。

「そこの社長がな、わたしらのテーマ曲作って欲しいっておっしゃってんねん。イベントのときとかに皆さんで歌う、明るくて楽しいやつ」

「あ、あんな、としちゃん。それ、電話でも言うたけどな、やっぱり無理よ。うち、作曲とかしたことないし。ポピュラーミュージックのことは、ようわからへんのよ」

「『うちの専門はクラシックですぅ』って、ええかっこしいなこと言うん？　みっちゃん、そういう高飛車とこな、あんまよろしないで」

ええかっこしい。高飛車。

こっちの言葉というのは、ここまで明け透けなものだったかとぎょっとした。

泉州弁と呼ばれる岸和田あたりの方言は、大阪の中でも最も乱暴な言葉とされている。

「高飛車……なこと言うてるかなあ」

「ええよ、ええよ。皆さん、みっちゃんよりもっとわからへんねんから。できる感じでええよ」

とし子はなぜか光代を勇気づけるように優しい声を出す。

「そんなん言われても……」

「お歌のタイトルはもう決まってんねん。『大阪のおばちゃん』や！」

光代は息を止めた。

「大阪の、おばちゃん」

とし子の言葉をゆっくり繰り返す。

ああ、この言葉が出てしまったか、と胸がずんと重くなる。

「せやで。めっちゃ、そのまんまやんな」

「としちゃん、私、お歌は作らへんよ。無理よ」

光代が笑顔でそう言い切ると、とし子は何も聞こえていないようなご機嫌な顔でくっと笑った。

2

一週間前。

光代は淹れたてのコーヒーを手に、リビングのソファに腰掛けた。香ばしい匂いに目を細める。ティーカップはウェッジウッドのフロレンティーン。グリフィンが向かい合ったタペストリーのように厳《いか》めしい柄に、鮮やかなターコイズブルーが映えるお気に入りだ。ソーサーに置いたツマガリのドンケルチョコクッキーを齧ると、固いザラメとほろ苦いチョコレートの香りが口の中に柔らかく広がった。

ねえあなた、ほんとうにコーヒーいらないの？

イントネーションだけ大阪弁の標準語で呟いてから、肩を竦めた。

十五年前に夫の海外赴任の終わりと同時に兵庫県宝塚市に引っ越してから、光代は横浜出身の夫に合わせて、大阪弁と標準語が混ざった、いかにも転勤族らしい言葉を使うようになっていた。

「あかんあかん！」

つけっぱなしのテレビから叫び声が聞こえた。

耳がぴくり、と動く。

「そんなんあかんわっ！」

画面に映るのは年配の女性だ。

パンチパーマのような茶髪のおばちゃんパーマにヒョウ柄のワンピース。背景はグリコの看板。道頓堀の戎橋だ。

またこの類のインタビューか、と、光代は眉を顰《ひそ》めた。

こんなステレオタイプな〝大阪のおばちゃん〟なんて、今どきどこにもいない。もしいたところで、そうそう都合よく観光客で溢れた道頓堀を歩いている理由がない。

ため息をついてコーヒーカップに口をつけた。夏剪定を控えた薔薇が咲く庭に目を向ける。

だけど、さっき見た、怪獣みたいに濃いメイクのあの顔は——。

「ごっつ頭悪い男やわあ！　女の敵やで！　もうこないな男はあっこ切ったりいな！」

はっとして視線を画面に戻す。

嘘でしょう。でも、あの声、もしかして……。

「としちゃん……」

光代は画面に向かって呟いた。

カメラがスタジオに切り替わると、スーツ姿のコメンテーターたちが、とし子の下品な発言に失笑していた。

「大阪のおばちゃんは、さすがはっきりおっしゃいますねー。負けました！」

弁護士バッジをスーツの襟元に光らせた男の発言に、スタジオでどっと笑いが起きる。

光代の唇が震えて、眉間に深い皺が寄った。

「あっこ切ったりいな！」

拳を振り回して叫ぶ、とし子の得意げな顔がフラッシュバックする。

気付くとスマホのディスプレイで０７２、大阪府岸和田市の市外局番を押していた。

老眼鏡を素早く掛けた。状差しに差しっぱなしになっている古い年賀状に印刷された電話番号に目を凝らす。

よりにもよって、どうしてとし子があんな姿でテレビ画面に映っているのか。

上品な振る舞いを目指し、出しゃばらず、他人と適度な距離を保った静かな生活を送りたい。大阪出身のそんな中年女性はいくらでもいるのに。

テレビカメラの前でヒョウ柄を着て下品な言葉をがなり立てる、こんな大阪のおばちゃんのせいで、光代はいつも自分の出身地を言い淀む羽目になるのだ。

「あー！　みっちゃん、元気ぃ？」

スマホの画面が割れんばかりの甲高い声が聞こえた。

「驚いた？　うち、こないだナンバーディスプレイつけたんよ！　液晶のとこに、ほんまにこれ、みっちゃんの名前ちゃんと出たわ！」

ナンバーディスプレイ、という言葉を久しぶりに聞いた。

「電話すんのえらい久しぶりやねえ。ティッシュケースおおきにね。お姫様のドレスみたいやんなあ？」

「え？　ティッシュケース？　あ、うん……」

一瞬首を傾げてから、とし子は光代が十年以上前に我を忘れてハマって作りまくり配りまくった、フリルだらけのポケットティッシュケースの話をしているのだと気付いた。

「な、としちゃん、今、テレビ見てたんやけどね。不倫の街頭インタビューみたいなん。あれ、としちゃんやんな？　いったいどないしたん？」

久しぶりの泉州弁を、恐る恐る口に出す。

「ええっ！　嘘やん！　宝塚で見れんの？　テレビの人たち、関東限定の放送って言うてたけど。えらい騙されたわあ。うち、どないな顔してた？　メイクおかしなかった？　いくつに見えた？」

とし子はとても嬉しそうだ。

「えっ、あっ、そうやねえ。若う見えた……んやと思うけど」

「――えっ、ほんま？　いややわあ、お世辞とか言わんでええのよ？」

とし子の返答までに一瞬の間が空いた。感想はそれだけ？　とでもいうような、少し不満げな雰囲気を感じる。

急に、私はいったい何のためにこんな電話なんて掛けたんだろう、という言葉が浮かんだ。なあ、としちゃん。あんなど派手な格好して大きな声出して、いったい何しとるん？

「わざわざ電話くれて。おおきにね。こういうの、いっちばん励みになりますわあ。全国放送だと、やっぱり反響あんねんなあ。ああっー!!」

「な、何!?」

電話の向こうの悲鳴に、思わずスマホを耳に押し当てた。

「みっちゃん、宝塚でお歌のセンセイしとったな！　タカラジェンヌにお歌教えてるって、年賀状でさんざん自慢しとったやんな!?」

「タカラジェンヌとちゃうよ。宝塚音楽学校の受験生よ」

それに自慢なんか、少しもしてません。とし子には見えないとわかっていても、大きく首を横に振った。

光代は週に二回、宝塚駅北口にある〝スミレの花ミュージックスクール〟で、宝塚歌劇団への入団を目指す中高生相手に声楽の基礎を教えていた。

夫のドイツ赴任に同行していた時期に現地の音楽学校で知り合った、正真正銘の元タカラジェンヌの友人に声を掛けられて始めた仕事だ。

宝塚在住者の常として宝塚歌劇団には特に興味はなかった。ずっとクラシック音楽に没頭していた光代からすると、男装した女性が演じる派手な衣装の大衆向けのミュージカルは、少々特殊な趣味というイメージもあった。

だが予想に反して、夢に向かう若者が集う音楽教室の先生の仕事は楽しかった。

これは、とはっとするような風格を持った生徒が、入団後にほんとうにトップスターになったり。男役になりたくてかっちりしたリーゼントヘアにしていた中学生が、ある日突然、「センセイ、今までありがとうございました」とすっきりした顔で辞めていったり。

青春真っ盛りの少女たちにとって、すべては火花が散るような真剣勝負だ。彼女らの放つ輝きは、光代の毎日を鮮やかに彩ってきた。

「せい、せい、ややこしいことは置いとこな。そんでな、今、音楽作れる人探してんねん。みっちゃん、作曲できるな？」

「えっ？　何それ？」

いきなり何を言い出すのかと耳を疑った。

「そしたら、よろしゅう頼んますう。はあ、やれやれ。地獄に仏やわあ。みっちゃんおったのすっかり忘れとったわ。そしたらいつ頃、岸和田帰って来れる？　気軽にな。遊び来るだけと思ってな。顔見せてくれたら、それだけでええんよ。そんで、ほんのちょっとアドバイスとかいただけたらね」

とし子が急に猫撫で声を出した。

「無理よ。そんな急に言われても……」

「あ、旦那さん、あかんか？　けど、みっちゃんとこはそんなことないよな？　旦那さんみっちゃんの言うこと何でも聞いてくれるし、ドイツでお歌の学校も行かせてくれたし、お友達と海外旅行もできたし。子供もおらんしな。海外に比べたら、そっから岸和田なんか余裕やん。うちは何日いてもらってもええから、ゆっくりしてき！」

旦那さんあかんか。

子供もおらんしな。

「あ、でも旦那さんがどうしても駄目、って言うたらな、そりゃしゃあないけど……」

「そんなん平気よ！　別にいつでも行けるわ。うちの人はそういうの、理解あるから」

光代は間髪容れずに答えると、スマホを握る手に力を込めた。

3

「いやあ、みっちゃん来てくれて嬉しいわあ。今日、明日と、お父さん淡路島にゴルフ行っとるんよ。ラッキーや。夕飯、奮発してお寿司取ろな。明日はピザにしよか？」

「……あ、ピザね。ええねえ。家まで届けてくれるから便利よね」

とし子は、何の説明もせずに自分の旦那さんのことを「お父さん」と呼んだ。

光代は窓の外に視線を向けた。

軽トラックは、光代が昔家族で住んでいた社宅を過ぎて少し海のほう、通称〝ハマ〟に向かって進む。何代もこの土地で半農半漁を続けている、大きな古い家が並ぶあたりだ。

軽トラックの脇を、ノーヘルで原付バイクに乗った若者がひどく蛇行しながらすり抜ける。窓の向こうのホームセンターの建物の隙間から、一瞬だけ海が見えた。

光代が若い頃には、ここの海で釣った魚を食べると死ぬ、と言われていたような汚い海だった。だが、灼熱の日差しが降り注ぐ水面は、皺くちゃにした銀紙のように美しく輝いていた。

「そこの外壁屋さん、めぐみちゃんがお嫁行ったとこやで」

「……めぐみちゃん？　誰やったっけ？」

「ええっ、めぐみちゃん覚えてへんの？　学級委員してた、めっちゃ賢い子おったやん。あっこんちもたいへんやね。お兄ちゃん市役所に勤めとったやろ？　あのお兄ちゃん、フィリピンパブで……」

「ごめん、昔のこと、あんま覚えてへんのよ。そういえばあのお姑さん、元気にしてはるの？」

光代の記憶に一切ない同級生の噂話を始めようとするとし子を、さりげなく遮った。

とし子の旦那さんの小畑さんは、遅くに生まれた次男坊だった。

とし子の実家は、春木駅の近くにある布団屋さんだ。家で商売をすることの大変さを知っていたとし子は、昔から「長男はあかん。結婚するなら絶対に次男坊や。それも勤めに出てる人やったら最高や」というのが口癖だった。

その宣言どおりに公立中学の先生をしている次男坊の小畑さんと結婚が決まったときは、さすがしっかり者のとしちゃん、と感心した。

しかし結婚してすぐに、年の離れた長男さんが急病で亡くなった。残された兄嫁さんは、お姑さんとの折り合いが悪くて実家に帰ってしまった。

結局、とし子がひとりで〝小畑家〟と〝小畑農園〟のすべてを任される羽目になり、「こんなん最初の約束とぜんぜんちゃうやん」と、可哀想なくらい萎れ切っていた。

「おばあちゃん？　まだうちにいてるよ。好き勝手やってはった人やから、ストレスとかないんやろね。えらい長生きされてらっしゃいますわ」

「えっ、ほんま。もう九十過ぎとるよね？　そしたらとしちゃん、お姑さんの介護しとるん？　たいへんやん！」

「ぜんぜんたいへんとちゃう。すっかり頭惚《ぼ》けとるけどな、足腰しっかりしとるしな。ケータイの使い方わかるから、緊急のときは役に立つこともあんねん」

　とし子が少しむっとしたように答えた。

「えっと、カナコちゃんは、確か九州にお嫁行ったんよね？」

「せやで。子供三人おってフルタイムで勤めにも出て、忙しくしとるわ。飛行機代ケチってか知らんけど、ぜんぜんこっち寄り付かへん。あの子ら、きたらきたでこき使われるからな。静かでええよ」

「そっか、そしたらアキラくんは？」

　アキラくんは、カナコちゃんの弟だ。

「アキラ、うちにおるよ！」

　えっ？

　強張った口調に驚いた。

　運転席に目を向けると、とし子がまっすぐに前を向いてすごく真剣な顔でハンドルを握っていた。奥歯をぐっと噛んで、唇をまっすぐ一文字に結んでいる。

　しばらくラジオから流れる浜村淳の楽し気な声を聞きながら、お互い黙り込んだ。

4

軽トラックが停まったのは、屋根瓦が艶々と光る巨大な日本家屋の前だった。

電動式の門を開けると広大な敷地が広がる。敷地の中には母屋らしき江戸時代のお城のように豪華な家と、古い造りの蔵があった。庭には石灯籠や錦鯉が泳ぐ池や、いい感じに曲がった松の木がある。

「……としちゃんち、めっちゃ豪邸やん」

「ええことばかりやないで。庭は手入れ業者に頼まなあかんから、めっちゃお金かかるしな。そこ、水たまり、綺麗な靴、濡れんように気ぃ付けてな」

とし子はあっさり機嫌を直してくれたのか、得意げに言うと、勢いよく軽トラックから飛び降りた。

わしゃわしゃわしゃわしゃわしゃ、じーじーじー、じゃりじゃりじゃり、とクマゼミの大騒ぎ。

光代は深く息を吸い込んだ。じっくり弱火で炒めた玉ねぎのような、ほのかな甘い匂いが漂う。

「みっちゃん、はよ来て、はよ来て。蚊ぁ、刺されんで」

とし子に大声で呼ばれて、広い広い玄関に足を踏み入れた。

黒光りする大きな木彫りの大黒さまの像と、色鮮やかな羽をばばーんと開いた孔雀の剥製が出迎える。

「そっちの部屋、入ってて。荷物置いて。足伸ばしててな。今、麦茶持ってくからな」

玄関を上がってすぐのところに、見事な彫刻が施された欄間のある和室があった。

「こんにちはあ」

周囲を見回しながら部屋に入って、足を止めた。

旅館の宴会場のように広い二間続きの和室。開け放った襖の向こうに、電動ベッドが置かれていた。

そこに横たわる姿に息を呑む。

明るすぎて白銀に見えるくらいの見事な金髪に、サイドを剃り上げた強面風の髪型が見えた。

「はい、冷たーい麦茶と、あとおやつな。村雨買うたん、久しぶりやわ。みっちゃん、お客さんやからちゃんとおもてなしせんとね」

とし子がグラスに入った麦茶と、ココア味のカステラのような形状の村雨を光代の前に置いた。泉州銘菓の村雨は、米粉と小豆と砂糖を使った甘さ控えめの蒸し菓子だ。

「ねえ、としちゃん、あれ、お姑さんやないよな？　えっと……」

光代は最大限に声を潜めて囁いた。お舅さんはとし子が小畑家に嫁ぐ前に亡くなっていたはずだ。

「あ、あれな」

とし子がほんの一瞬だけ目を泳がせてから、

「アキラや。言うてへんかったたっけ？」

口笛でも吹き出しそうなくらい余裕の顔をした。

真っ先に浮かんだのは、エアメールで届いたすごく昔の年賀状だ。

《ついに小畑家待望の跡取り息子が生まれました。これでようやく私も嫁として一人前になれます》

あの年賀状の文面には、なんだか胸がざわついた。

アキラくんは、真っ白な産着を着て、皺くちゃな顔をして泣いている赤ちゃんだった。着物姿で眉が吊り上がって怖そうな顔をしたお姑さんがアキラくんを抱っこしていて、桃色のスーツ姿のとし子と、小柄で温厚そうな小畑さん、痩せっぽちのカナコちゃんが、揃ってそっくりな顔で得意げに笑っている。

とし子が、電動ベッドに向かって身を乗り出した。

「なあ、アキラ、みっちゃん来てくれはったで」

猫の気でも惹くように、中腰で畳をぽんぽんと叩いてみせた。

「ほら、お母さんの中学んときからのお友達やで。ぼーっとしとらんと、挨拶くらいしたらどうなん？」

とし子はにこにこしながら、電動ベッドのアキラくんに向かって声を張り上げる。聞こえているのかいないのか、光代にはわからない。

「この子、バイクで事故してから、いっつもこうやって黙ってんねん。かわいそうやねとか気の毒やねとかおっしゃる方もおんねんけどな。けどアキラ、赤ん坊のときも長いこと喋れへんかったしなあ。あの頃よりはぜんぜん手ぇかからへんわ」

とし子が素早く麦茶をずずっと飲んで、光代に上目を向けた。

「へ、へえ、そうなんやね」

光代は慌てて笑顔を作って、大きく頷く。

「せやせや、もうお昼作っとこか。今、風月の焼きそばに野菜入れたたん、ちゃちゃちゃーっと作るわ。みっちゃんは、ゆっくりしといてな」

とし子が勢いよく立ち上がった。

台所に向かう足音が消えてから、アキラくんのベッドにそっと近づいてみる。

涼し気な朝顔の柄の真新しいガーゼケットが目に入る。

「こんにちはあ。おたく、どちらさん？」

お年寄りらしい嗄れた声に素早く振り返ると、腰の曲がったお婆さんが庭からこちらを覗いていた。

目の覚めるような紫色のサマーニット。大きな琥珀のネックレス。飴玉みたいに大きな石のついた指輪。だが髪の毛は一目で寝起きのままだとわかる様子で、ひどく乱れていた。

首から下げた古いケータイをしっかり握り締めている。この人がお姑さんに違いない。

「光代ですう。お邪魔してますう」

少し緊張しながら、大きな声ではっきり言った。

お姑さんはいかにもご老人らしい善良そうな笑顔で「ああ、そうですか。ゆっくりしてってなあ。狭いところですんませんなあ」と答えると、ゆったりとした足取りでどこかへ歩み去っていった。

とし子はうんと昔、このお姑さんに「あんたあったま悪いなあ」「使えへん嫁やね」「息子が可哀想や」などとさんざん罵倒されていじめ抜かれて、毎日泣き暮らしていた。

改めて、アキラくんに目を向けた。

坊主頭の根本までしっかり染まった金髪だ。よく見たら、眉が細く整えてあって丁寧に剃り込みまで入っていた。

この頭、それに眉毛、としちゃんがやっているんだろうか。

いかにもやんちゃそうな切れ長の吊り目。耳たぶにはピアスの穴が二つ三つ、壁に刺した画鋲の跡みたいに残っていた。でも強面に似合わずまるで女の子みたいに綺麗な白い肌だ、と気付いたとき、ちくりと胸が痛んだ。

アキラくんの手足は細くてだらんと垂れている。喉にはチューブが挿管され、足元には機械類が置かれている。目はうつろで、唇は乾いて荒れて力なく半開きになっている。

光代が思わず目を伏せたそのとき。

待ち構えていたようにアキラくんが、「おいっ」というようなか細い唸り声を上げた。

驚いて顔を上げると、その目はしっかり光代を見つめていた。

「わっ！　こんにちはあ。アキラくん、はじめまして、やね。光代ですう」

慌てて光代が笑顔を作ると、アキラくんはゆっくりと瞬きをしてそのまま目を閉じた。

5

採れたての甘い玉ねぎと豚肉がたっぷり入った焼きそばを食べ終わった頃、オレンジ色のポロシャツの制服姿のヘルパーさんが二人やってきた。

「ああ、待っとったよ。おおきにね。台所におばあちゃんのお昼ありますんで。いつもと一緒でお願いしますう」

とし子はヘルパーさんに生協のペットボトルのお茶を渡すと、「みっちゃん、はよきてなあ。社長がお待ちかねやで」と、車の鍵を振り回した。

「社長、って誰？　うち何も買わへんよ？」

「マルチとちゃうわっ！　社長いうたら、うちの事務所の社長に決まっとるやん！」

「事務所、って、としちゃんが所属してるっていう、芸能事務所？」

とし子が光代の不審げな顔を見て、平気、平気、と首を横に振る。

「ちょっとお届け物があるから行くだけですう。さあ、早う乗った乗った。それとも、うちでおばあちゃんのお世話やってくれるか？　あの人、気に喰わんことあると、裁縫の竹尺で叩いてくんで」

しぶしぶ軽トラックに乗り込む。

社長の家は車で十五分くらい。とし子の家のある〝ハマ〟とは逆の〝ヤマ〟のほうだ。国道を越えて、紅葉の名所として知られる牛滝山《うしたきさん》へ向かう途中にあった。

とし子の家によく似た大きな日本家屋の周囲に、緑色の固そうな葉っぱの木が等間隔でぴしりと立ち並ぶ。みかんの木だ。

「こんにちはあ！　小畑ですう」

とし子が声を張り上げた。

「お歌の先生、お連れしましたあ！」

「としちゃんっ！　なんやの、その紹介!?」

思わず悲鳴を上げた。

「なんで？　みっちゃん、宝塚でお歌の先生してたんやから合っとるやん？」

「――作曲はせえへんからね？」

人差し指を立てて、念を押す。

「せい、せい、じぶんで社長にそう言ってなあ」

とし子が鼻歌を歌いながら、なぜか座席の後ろから汚れたスニーカーの入った段ボールを取り出して、うんしょと持ち上げた。

「社長！　聞こえてんの？　おっかしいなあ。ハイエースあんねんけどな。いよいよ耳遠なったのー？」

「耳遠いんはあんたや！　こっちは、ずうっと返事しとりますがなっ！」

猛烈に嗄れた早口が飛んだ。

振り向くと、通天閣のビリケンさんが農家のおばあちゃんの格好をしていた。

子供みたいに小柄な背丈に、にっこり微笑む糸のように細い目。

両手に肘まで覆うゴム手袋をつけて、日よけの大きなサンバイザー。バケツと亀の子束子《たわし》、汚れた歯ブラシを握っている。

六十歳の光代の目から見てもどこからどう見てもおばあちゃん、という姿なので、きっと年齢は八十近いに違いない。

「あらあ、センセイ！　いらっしゃいませえ！　宝塚の方はやっぱちゃうねんなあ。背え高いし、美人さんやしなあ。若っかいわあ！」

身体全体を使って笑う人だ。本物のビリケンさんみたいに足の裏を触って拝んだらご利益がありそうな、何とも豊かな笑顔だ。

「社長、この人、宝塚の人とちゃいますよ。わたしらとおんなじ岸和田出身ですう。わたしの和泉女子のときの同級生ですさかい」

「え、小畑さん和泉女子なん？　あんためっちゃお嬢さまやんけ！　そんなんはよ言うといてよ！」

「もう、何べんも何べんも言うてます。わたし、履歴書にも、おっきく書かせていただきましたあ！」

「せやね、小畑さんがそんなん黙ってられるはずないもんな。そしたら悪いのわたしやね。はい、えろうすんません」

「ええっ！　そないご丁寧に謝られたら、わたしがええかっこしいみたいになりますやん！」

とし子と社長は、ビデオの一・五倍速のような速さで喋りまくる。

「ご挨拶遅れてすんません。事務所の社長やらしてもろてる、辻村《つじむら》と申しますう。こんなかっこで失礼します。今、倉庫のほうでスニーカーの洗濯してますさかい」

社長が背後のプレハブ造りの建物を指さした。

「スニーカー？」

社長の後に続いて倉庫の中に入ると、五人ほどのおばちゃんが、けたたましくお喋りをしながら汚れたスニーカーを洗っていた。

「あらあ、センセイ、こんにちはあ」

倉庫の床に敷かれたビニールシートの上に、たくさんの大きなスニーカーが並んでいた。男物だ。靴ひもを取り外されて隅々まで汚れを落とされている。

「ここにあるスニーカーな、ぜんぶ、二十六号沿いのリサイクルショップで安く買うてきたんよ。バイトで畑の手伝いしてくれてる、達也、ってスニーカーめっちゃ詳しい子おってな。その子に売れ筋モデルを選んでもらってんねん。ネットでめっちゃ売れんで」

とし子が段ボールの中の、泥だらけでくたびれたスニーカーを示した。

「えっ？」

思わず上げていた口角が引き攣《つ》った。

「皆さん、筋金入りの主婦やからな。何十年も子供の汚した運動靴とかお父さんの作業靴とか洗ってんねん。こないなスニーカーなんて、お茶の子さいさいや。ウタマロ石けん使ったら、どんな汚れもバッチグーやで！」

とし子が胸を張った。

「……えっと、そういうのって、あんまやる人おらへんよね」

僅かに身を引いた。

「センセイ、誤解されんといてくださいな。わたしらがしてるの、世に言う〝転売〟とはちゃいますよ」

社長が光代の頭に浮かんだ言葉を見透かすように言った。

顔に出ていたか、とはっとする。

「わたしら、限定品を買い占めて横流ししたり、ほんまに欲しい人が買えなくて困るような、人さまに迷惑かけることはようせんですわ」

社長は、とし子が持ってきたスニーカーを箱から出して、真剣な目で状態を確認する。

「仕入れは、あくまでもリサイクルショップやバザーで見つけた掘り出しもんだけです。それに、うちのショップで扱う商品は、ちゃんと手間暇かけてぴかぴかに磨いて、付加価値つけてますさかい。手間賃、ちょっとばかし上乗せしてるだけですわ」

「手間賃……」

おばちゃんたちが手慣れた様子で薄汚れたスニーカーの全体を、泡立てた亀の子束子で力強く磨く。それから眉間に皺を寄せて目を細めながら、使い古しの歯ブラシを小刻みに動かして細かいところの汚れを落としていく。

「せい、せい。手間賃、手間賃。商売の基本って知っとるか？　手間賃や。ちゃんと社長が警察行って古物商許可証も取ってますさかい。わたしら真面目に商売やっとりますよ」

とし子が光代の顔を覗き込んで、にこにこ笑う。

「うち、めっちゃ小さい芸能事務所ですさかい。テレビ局に一日拘束でも、雀の涙みたいなギャラしか払うてあげられへんのですわ。せやからこうして所属タレントの皆さんと協力して〝新事業〟見つけて、パート代くらいは持って帰ってもらえるようにしてますねん」

社長がすごく真面目な顔で、ずらりと並んだスニーカーを指さした。

倉庫の端にある大きなテーブルの上にはタブレットが一台置いてあって、ぴろりんと通知音が鳴るたびに皆がわっと覗き込んだ。

「値下げ交渉できますか？　って、聞いとんで。箱がなくても構いません、って、そんなん箱なんて、最初から写真に上げてへんわ。偉そうなお方やなあ」

「どれ？　見せて？　いっきなり半額ぅ!?　わたしらが汗水垂らして綺麗にしたスニーカー、そないなケチ臭い人に売らんでええわ。ブロックしたりい！」

「せやけど社長、半額にしても赤字にはならへんよ。早くはけたほうがええんとちゃいます？古くなった回転寿司、取る人おらへんですよ？」

「あかん、あかん、半額はあかんっ！　この人のためにならへんわ。ほなら、値引きはしたるけど、半額にはようせんわ、って返したりい！」

「ああ、それが一番ええわ。さすが社長！」

プレハブの壁には大きなポスターが貼ってある。

揃ってどぎついヒョウ柄に身を包み、真っ赤な口紅、真っ赤なネイル、ごてごてのアクセサリー。爪楊枝を刺したたこ焼きやお好み焼きのへらや布団叩きを手に、通天閣をバックに怪獣のように目を剝いている。

「うち、〝大阪のおばちゃん〟専門の芸能事務所なんですわ。明るくて元気いっぱいで、皆さんを幸せにする〝大阪のおばちゃん〟を、いろんなとこに派遣してますねん。これ、参考資料になります。センセイのほうにいろいろご都合あるのは存じてますんでね、せめてこれだけでもうち持って帰って、ゆっくりご覧になって下さいな」

社長が、分厚いクリアファイルを差し出した。

〝大阪のおばちゃん〟たちの映画やドラマやバラエティ番組のエキストラでの出演履歴が、A4の紙に少し変なフォントで細かくびっしりと書きつけてある。

「センセイが、もし引き受けて下さるなら。もしも、ですよ。そしたら〝大阪のおばちゃん〟のテーマソングの作曲をお願いしたいんですわ。いちばん盛り上がるところに『大阪のおばちゃん』って歌詞が入った、ここの皆さんで合唱するお歌ですう」

「あの、小畑さんにも言いましたが……」

「ええ、もちろん、話だけでもね、話だけでも聞いていただけましたらね」

社長は微笑んで大きく頷きながら、どんどん話を進めていく。

「そんでね、わたし、先走ってこんなん作ってみましたんでね。条件だけでも、ご覧くださいな」

社長が、お互いを甲、乙と呼び合う本格的な体裁の契約書を差し出した。

いやいやいや、と首を振って断ろうとする光代に、いやいやいやいやいや、と掌を負けじと勢いよく振ってにじり寄ってくる。

「今回、曲は買い取りでお願いしたいと思ってますねん。わたしら田舎者ですさかい、失礼申し上げてたらどうぞご堪忍ください」

買い取り、というのは、業界用語で、作曲した人が曲の著作権を譲渡するということだ。最初にまとまったお金を貰えるかわりに、もしもその曲が大ヒットしても印税収入は入ってこない。

あれよあれよという間に、社長のペースに飲み込まれていく。

「そんでわたし、このくらいを考えてますけど、どないでしょうか？」

契約書を素早く開いて、金額の書かれたところを指さした。

社長の提示した金額は、相場よりも三割ほど高かった。

音楽というのは家や車のようにはっきり目で見えるものではない。それに歌ったりピアノを弾いたりしている姿は、一部の人には、まるで遊んでいるだけのように気楽に見えるのも知っていた。

だけどこの社長は私に依頼する前にちゃんと音楽業界のことを調べて、相場を考えてくれたのかもしれない。

お腹がぽっと温かくなった。同時に胸がちくりと痛む。

もうこれ以上、のらりくらりと逃げるのは失礼だ。

「ほんまにごめんなさい。私にはできないです。他の人、あたってください」

光代は社長の目を見てはっきり言うと、深々と頭を下げた。

「みっちゃん、あんた何なん？　社長、めっちゃがっかりしとったやないの。ほんまは、お歌の一曲ぐらいちゃちゃーっと作れるんやろ？　なんで、そない高飛車なお方になってしもうたん？」

帰り道のがたがた揺れる軽トラックの中で、とし子が膨れっ面で言った。

「あんな、としちゃん。作曲ってな、いちから曲作るのってな、めっちゃたいへんなんよ。鼻歌らららら一って歌って、はいこれで出来上がり、っていうのとちゃうのよ」

「けどビートルズの人、『レット・イット・ビー』とか鼻歌で作ったって言うとったよ？　ああいう感じなん、ちゃちゃーっとできひんの？」

また憎そいことを言う。音楽は焼きそばではないのだ。

「うちビートルズの人とちゃうよ。あの人ら何億枚レコード売っとると思てんの？」

そういえば光代が短大の声楽科に進学すると打ち明けたとき、とし子は「うちも、お歌とかピアノとか、そないなことばっかしてられたらええのになあ」なんて、光代がまるで短大に遊びに行くと決めつけたようなことを言っていた。

とし子は、ずっとあの頃のままだ。いや、とし子の考え方は、世間のほとんどの〝おばちゃん〟たちと同じなのだ。

きっと、あの社長は特別だ。

「なあ、としちゃん、あの社長さん、元は何してはった人なん？　ただの主婦やないねんな？」

「えっ？　社長？　主婦やで。ただの主婦や」

日除けの手袋をしてハンドルを握っていたとし子は、不思議そうに首を傾げた。

エンジンがぶんぶん唸る。とし子が勢いよくギアを変えると、軽トラはほっとしたように静かになった。

「そういやバブルのとき、不動産やっとったみたいやね。畑の真ん中にいかがわしいホテル造ってな。いっつも満室って看板出てたから、めっちゃ儲かってはったんちゃう？　バブル弾けてどないなったんか知らんけど」

「ほなら、ちゃんとした不動産屋さんやん」

「あ、もっとえらい前は、保険の代理店してはったんやって。近畿地方トップになったことあんねんて。整形外科病棟に潜り込んで、ケガして入院しとる人に的絞って勧誘してん。そういう人ら保険の大切さ骨身に染みてわかりはるんやろうね。若い人でも嘘かって思うくらいホイホイハンコついてくれはったらしいわ。今、そんなんしたら不法侵入や。おおらかな時代やね」

とし子は社長のことがすごく好きなのだろう。とても得意げだ。

「そんなんぜんぜん、ただの主婦とちゃうやん。不動産屋さんで、保険屋さんで、みかん畑もやってて、そんで今は芸能事務所の社長さん、やん？」

「……みっちゃん、あんた主婦を馬鹿にしとんの？　ただの主婦が、なんであかんねん」

とし子が、ぎろっとこちらを睨む。

「社長は主婦や。子供も二人おるしな。じぶんでもそう言うてんで。うちは主婦タレントのプロダクションです、って。嘘やと思うんなら、ケータイでホームページ見たらええやん。憎そいこと言わんといてっ！」

とし子は唇を蛸のように尖らせた。

「……子供おるとか、関係ないやん」

光代も窓の向こうに顔を向けて、ぼそりと呟いた。

6

髪を拭きながらお風呂から出ると、蓋つきのポリバケツを両手に抱えたとし子と廊下ですれ違った。

「あ、いま、和室、おばあちゃんの布団敷いて、二人ともオムツ新しくして消灯したとこや。おばあちゃん日中は離れにいらっしゃるんやけどな、夜はアキラと一緒に寝たがるからなあ。みっちゃん先、髪乾かしといて。ドライヤー使い。終わったらちゃんと元んとこに直しといてな」

強引に脱衣所に押し戻されて、光代は洗面所の鏡を見つめた。

一応、人前に出るのだから、ベビーパウダーを叩《はた》いて眉毛くらいは描こうかな、と思ったけれど、とし子の顔を思い浮かべたら、今日はもういいや、と鏡から顔を背けた。

「みっちゃーん！　終わったら台所来てなー！　まだ歯ぁ、磨かんといてー！」

ちょうどドライヤーのスイッチを切ったタイミングを待ち構えていたように、廊下の奥から大声が聞こえた。

「はーい。今、行くわあ」

玄関ホールを挟んで和室と反対側の台所へ行くと、ダイニングテーブルの上のガラスの器には、ざく切りにしたスイカが盛り付けてあった。

「やれやれ、やね。今日も一日、へとへとにくたびれたわあ」

とし子が自分の肩を揉むと、よく伸びる素材のカットソーから、鎮痛剤のベージュのテープがたくさん貼られた首筋が覗いた。

「あ、カナコのキーボード出しといたで。夜はイヤホン使ってな」

とし子はデザート用の二股フォークをスイカに刺すと、大きな口を開けた。種を嚙む、ごりっ、という音がする。

「としちゃん、うち、作曲はせえへんって言っとるでしょ？　何度言ったらわかるのよ」

「ええっ、うち、そんなん、ひっとことも言うてへんやん？　センセイやったら毎日ピアノの練習とかせなあかんのかなあ、って気ぃ回しただけですぅ」

「センセイとちゃうわ。やめて」

すっとぼけた様子のとし子の言葉を、遮るように言った。

「なんで？　どっからどう見てもセンセイやん。社長と難しい話とかして、自慢そうにしてて、うちみたいなただの主婦はお呼びでないわな」

とし子が昼間の光景を思い出したように拗ねた顔をして、またごりごりスイカの種を嚙んだ。

「自慢？　そんなんちっともしてへんよ？」

光代は二股フォークをテーブルの上に置いた。

「自慢も自慢や。子供もおらんくて、ヨーロッパで暮らして、向こうで学校も行って、旦那さんと世界中旅行行ったりしてて、宝塚住んで、血統書付きの毛ぇ長い猫飼うて、お歌のセンセイしたりしとって。みっちゃんの年賀状、あんなんないわあ」

とし子がひとつひとつ数えるように言いながら、泣き出しそうに眉を下げた。

「今日やって、お化粧バッチリして、綺麗な服着て、みんなに若っかいなあ、とか綺麗やね、とかちやほやされて、得意そうにしとったやんな？　みっちゃんアメリカの貴族みたいや。そないな暮らししてるお方には、うちみたいなただの主婦なんて……」

「アメリカに貴族なんておらへん。それ言うならフランスや」

「ああもう、知らんわっ！　やめやめっ！」

とし子が大きく首を横に振った。

そっちは機関銃のように喋りまくっておいて。

「なによ、それ。さっきからとしちゃんばっかし喋っとるやん。うち、小畑さんとちゃうねんで。あんま甘えんといて！」

きっと睨んだ。

とし子は片側の眉を吊り上げて、こちらを見返してくる。

「なんでうちのお父さんの話になんねん？　うちは、あんたんとことはちゃうわ！　みっちゃん今も、上原さんとオペラとか聴きに行ったりしとるんやろ？　あんときも、パパの仮面がどうとかでうちのことほったらかしで、めっちゃ盛り上がっとったもんな。今日、社長と話してたときとおんなじやん！　うちにはな、そんなん、遠い遠い夢物語や！」

「パパ？　仮面？　何それ？」

「……知らんわっ」

とし子が唇を強く結ぶ。答えてくれるつもりはないらしい。

光代は思わずため息をついて、テーブルの上に両肘をついた。両手で頰を押さえる。はるか昔に、〝ぶりっ子〟なんて呼ばれたアイドルのポーズのようだ。

「あ、せやせや、上原さん今日、食事とかどうしてんの？」

わざとらしく気を取り直したように、とし子が光代から目を逸らした。

「みっちゃん、ずいぶん早い時間に来てくれたけど、夕飯ちゃんと作り置きしてきたん？　上原さんいかにもコンビニ弁当とか食べなそうやわあ。うちのお父さんもな、牛丼とマクドはええねんけど、コンビニはあかんって文句言うんよ。そんなん言うんやったらじぶんで作り、ってセブンの冷やし中華出しとるけどな」

とし子がふふん、と笑った。

「ほら、上原さん、今頃、家でひとり寂しくテレビとか観とるんとちゃうの？　もし、心配やったら、電話使うか？」

とし子が食卓の隅で充電してあった電話機の子機を手に取った。

「……おらんねん」

ぶりっ子のポーズのまま言った。

「は？　何て？」

とし子が目を細めた。

「旦那、もうおらんねん」

光代はぶりっ子ポーズの手をずらして掌で顔を覆った。長いため息をつく。

「先月や。先月の六日に武庫川《むこがわ》ジョギングしてて、心筋梗塞起こして救急車で運ばれてな。そのまま亡くなってん」

とし子が固まった。

光代は構わず話し続ける。

「だからもう、宝塚帰っても、誰もおらんねん。うちのこと待っとる人、この世でどこにもおらんねん。うち、親も子供もおらんし、旦那もおらん。家で旦那の写真に向かって話しかけてるだけの、ひとりぼっちの、ただのおばちゃんや」

光代はまだ水気の残った髪を掻き上げた。ずっと昔にできてからずっと治らない五百円玉くらいの大きさの円形脱毛症が、きっととし子にも見えてしまったに違いない。

この円形脱毛症ができた時期。私は四十歳をいくつか過ぎていた。

夫婦でドイツから帰国して、ようやく宝塚での生活が落ち着いた頃だった。

帰国の直前まで、ミュンヘンの音楽学校で日本からの留学生に混じって声楽の勉強を続けていた。だが次第に体力の衰えに伴って、声楽家の命である喉の衰えもはっきりと感じるようになっていた。

ちょうどそんな時期に夫の海外赴任が終わり、帰国して新しい生活を始めることに決まったときは、むしろほっとした。

私は外見も心もまだまだ若い。今でも二十代に間違えられるほどだ。日本に帰ったら、きちんと病院に通って子供を持とう。

当時は体外受精を始めとする不妊治療の存在が華々しく報じられていた頃だった。

夫婦で話し合って、それこそ最良の選択だ、と希望に溢れた。

「治療を始めるのがちょっと遅すぎましたね。この年齢になってから病院に来ても、できることはなかなかないのが現実です」

だが、当時〝不妊治療の第一人者〟なんて女性誌にも取り上げられていた神戸のその医者は、そんな恐ろしいことをさらりと言った。

「でも、芸能人のあの人は、四十代後半で……」

医者が、ああまたそれか、と言わんばかりの呆れた顔でため息をついた。これまでの人生のすべてを否定されたような気がした。

音楽を続けたいという夢を追い、自分らしい人生を生きたいだなんて。どうして私はそんな浅はかで馬鹿なことを考えたのだろうと後悔した。

手に入らないとわかった途端、頭がおかしくなるくらい子供が欲しくなった。

過ぎ去ったことも先のことも考えないようにするために裁縫を始めてみたら、自分でも気味悪くなるくらい没頭した。

光代は歌を歌うのも忘れて、ピアノを弾くのも忘れて、フリルがたくさんついたパンツのようなポケットティッシュケースを、朝から晩まで取り憑かれたように作り続けた。

「……みっちゃん、水臭いわあ。なんで、教えてくれへんかったの？　あかんわ、それ。最低限のマナーやで」

とし子が気の抜けた顔で言った。

「別にええかな、って思ってな。年末に喪中のはがき出せばええかな、って」

夫がいなくなってしまったあの家で、ひとりただ日々をやり過ごすだけの余生。何も成し遂げることができず、誰のためにも生きることができずに、ただ自分が老いていくのを待ち続けるだけの人生。知られたくなかったのだ。ひとりぼっちの私を。

私はいつかひとりぼっちになってしまう、この未来が怖かったのだ。

「ええことあるかいな。わたしに知らせんで、どないすんのよ」

とし子がすごく傷ついた顔をした。

「……うち、先、寝るわ。あ、スイカ、ゴミ箱捨てるとコバエ湧くから、最後までちゃんと食べてな」

とし子はふらつく足取りで、一度も振り返らずに台所から出て行ってしまった。

7

網戸の向こうの暗闇から、げーこーげーこーと柔らかい音が響く。ガマガエルの鳴き声だ。今日も熱帯夜の予報だったが、ここは浜風が涼しく吹き抜ける。

パパの仮面がどうとかで――。

とし子はいったい何のことを言おうとしていたのだろう、と思う。

光代は真新しいガーゼケットをお腹に掛けて、天井を見つめた。糊の利いた枕カバーが耳元でぱりぱり鳴る。

遠い昔、私たち二人は、〝大阪のおばちゃん〟なんて大嫌いだった。

「うち、お母さんみたいな人生は嫌や。家のためにこき使われてばっかりで、綺麗な服もお化粧もさせてもらえへんくて、いっつも『奥さーん！』て用事言いつけられて。何も楽しいことあらへん」

憎そい顔で教室を見回してそんな尖ったことを言うとし子は、すごく進んでいて、すごく頼もしく見えた。

二人が青春を過ごした中高一貫の私立女子校の和泉女子は、生まれ育った岸和田が大好きで、おばあちゃん同士が幼なじみだったりして、だんじり祭の青年団のメンバーに憧れてファンクラブを作っているような、素直なお嬢さんがたくさんいた。

父の仕事の都合で岸和田に暮らしていただけの光代は、「お母さんどこ中？」なんて、親の出身中学から始まるようなローカルな話の輪には一切入ることができず、いつも肩身が狭かった。

それがとし子と出会ってから、光代の世界は変わった。とし子とさんざん文句を言いながら過ごすこの岸和田が好きだ、と初めて思えた。

「なあ、みっちゃん、うちら高校出たらこないなめんどくさい田舎出て、たくさん楽しいことして、自分の人生を生きよな」

あの頃のとし子は、ちゃんと自分の人生を生きているように見えた。

だからめちゃくちゃモテたのだ。

とし子は高校を卒業すると、難波の髙島屋の紳士服売り場で販売員として働き始めた。艶々したワンレンのロングヘアに少し濃い目のお化粧。最先端のファッションに身を包み、でも誰にでもにこにこ愛想が良いとし子はすぐに人気者になって、いつもお洒落な人たちに囲まれて遊んでいた。

一方の光代は、天王寺《てんのうじ》にある女子短大の声楽科で声楽とピアノの練習に明け暮れていて、高校時代の延長のようなぱっとしない毎日だ。

学校帰りに難波で寄り道をして、早番のとし子と南街《なんがい》会館で映画を観たり、自由軒の混ぜカレーを食べながらとし子の武勇伝を聞くくらいしか楽しみがなかった。

ふと、息を止めた。

としちゃんの言った、「パパの仮面」って、もしかして——。

光代の胸に、はるか昔の光景が鮮やかに蘇った。

短大の卒業を控えた冬。

「知り合いの人がな、会社の後輩に女の子紹介して欲しいんやて。夕飯ええとこでご馳走してくれるらしいで。みっちゃんもたまにはコンパとか行かな。な、な、一緒に行こ？　美味しいもん食べよ」

　とし子に誘われて、冒険気分で恐る恐るついていった御堂筋《みどうすじ》沿いにあるイタリアンレストラン。そこで出会った八つ年上の上原は、光代が短大の声楽科にいると聞くと目を輝かせて話しかけてきた。

「ルチアーノ・パヴァロッティの『仮面舞踏会』をお聴きになりましたか？　僕はあのレコードを擦り切れるまで聴いているんです」

「誰それ？　ややこしい名前やね」

　口を挟んできたとし子を押し退けるようにして、光代は叫ぶように言った。

「パヴァロッティのリッカルド初挑戦作品ですよね、私も大好きです！」

　あのときの私は、上原との出会いに夢中になっていた。その単語がこの場に登場するなんて。光代は上原にもっともっと玄人好みのややこしい固有名詞を言い募っては、お互い熱に浮かされたような顔で頷き合った。

　いつの間にか白けたとし子と上原の後輩の青年の顔は、見ないふりをしてしまった。

　帰り道で当然のように連絡先を交換した。毎日電話で語り合い毎週末にデートをして、出会って三ヶ月で婚約した。拍子抜けするくらい平凡な一組の夫婦の物語だ。

　だが――。

「なあ、としちゃん、うち、上原さんと結婚することになったわ」

　久しぶりに掛けた電話で、受話器の向こうの沈黙は長かった。

「……は？　なんで？」

低い声に、ぞくっと寒気がした。

「なんで……って。なんでやろな？」

いったい急にどうしたんだろうと焦る光代に、とし子は、ぞっとするような冷たい声で、

「おめでとな。お幸せにな」

とだけ言った。

それから半年ほど、光代は結婚の準備で慌ただしく、とし子のことが気になりつつもこちらから電話を掛けることはできずにいた。

光代の結婚式の直前に、とし子から小畑さんと結婚することになった、という明るい知らせが届いたときは、心から嬉しかった。

とし子が道を歩いているところを小畑さんが一目惚れをして自転車で追いかけてきて、そのまま実家までついて来て、お父さんに、交際を許してください、と頭を下げたという。

そんな馴れ初めを嬉しそうに電話口で語りまくるとし子に、あれはきっと私の気のせいだったんだろうな、とほっとした。

それからもずっと、夫にはなんとなくとし子の話はしづらかったけれど。

「……パヴァロッティの『仮面舞踏会』のことやんな。今さらパパの仮面がどうとか、ってなによ。省略しすぎやわ」

光代は暗闇に向かって呟いた。

ふいに電話の音が鳴り響いた。るるるる、と女の人が歌っている声のような古い固定電話の音だ。

何事かと思わず飛び起きた。枕元の外した腕時計に目を凝らす。夜中の一時だ。

「はーい！」

とし子の叫ぶような大声が、隣の部屋から響く。

「はい、はい、今、行きますう！　どないしましたかっ!?」

階段を一段ずつ慎重に下りる足音。一階に降り立った途端に、ばたばたと走り出す。

「ええっ、トイレ？　夜は起こさんといてください、って言いましたやん！　アキラやってオムツで我慢してくれとんのに、我儘ばっかり言わんといてくださいよ。わたし、身体壊してしまいますわあ！」

ちょっとひやっとするくらい強い口調だ。

「せい、せい。今日だけはお手伝いしますう。今日だけ、ですよ。ああ、しんど。お父さんおらへんと、決まって我儘おっしゃいますねんな。アキラ、せっかく寝てたとこごめんな。おばあちゃんもうすっかり頭惚けとるさかいな。堪忍したってな」

光代は天井を見つめたまま、ガーゼケットの端を握った。

とろとろの肌触りで、ひんやりと冷たく感じるほど上質なガーゼケットだ。とし子の実家の布団屋さんで扱っている、泉州産の最高級のガーゼに違いない。

ガーゼケット越しに自分の身体にそっと触れたら、まるで若い頃の肌のようにつるんとしていた。

しばらくその感触を楽しんでから、ゆっくり身体を起こした。

「としちゃん？」

廊下に出たら、膝を押さえながら階段を上がってきたとし子と鉢合わせになった。

「わっ、みっちゃん、起きちゃったな？　うるさくしてすんませんねえ。おばあちゃんのせいやけどな。あ、トイレ？　二階にあんで。さっき言うたやん。あっちの奥。電気あっこな」

通り過ぎようとするとし子の背に、意を決して声を掛けた。

「ねえ、としちゃん。私、ぜんぶ思い出したわ」

とし子が暗い廊下でこちらを見た。

「パヴァロッティのこと、ごめん。うち、ほんまにアホやったわ」

光代は深く頭を下げた。

「ええよ、そんな昔のこと」

即答だった。

「今さら謝られてもしゃあないわ。別にうち、あれから上原さんのことで落ち込んだりとかようせんかったし。あっという間にお父さんと結婚したし。もうずっとずーっとただの主婦やってきたし。カナコもアキラもおるし。孫たちもおるし。タレントの仕事もあるし。毎日賑やかで忙しくて、昔のこととか思い出す暇もないわ」

とし子がおじさんみたいな低い声で言った。

「そんな冷たいこと言わんといて」

「ええよ、ええよ。うちのお父さんのほうが、長生きやったし」

息を呑んだ。

「……な、としちゃん、さすがにそんなん言うたらあかんで？」

「アキラ、あんなんなってしもたけどなっ！」

暗闇の中、二人でじっと見つめ合った。

とし子がいったいどんな顔をしているのか。老眼鏡がないので、いくら目を凝らしてもわからない。

「うち、平気やで。大阪のおばちゃん、やから。どんなしんどいことあっても、大阪のおばちゃんはいっつもにこにこ、日本の太陽や！」

とし子の口調がいきなり変わった。

戎橋でヒョウ柄を着て真っ赤な口紅をして、テレビの中で騒いでいたあの喋り方だ。

「うち、アキラ事故ってからあかんくなってな。ほんまに死のうと思ってたんよ。もう生きてる意味ないわ、って。これから先、長生きしても、楽しいこととか何もあらへん。このままここで一生、なんでこんなんなってしもたんやろ、とか愚痴ずっと言いながら、くらーい人生終わるんかな、って」

とし子がけらけら笑う。

「夕飯の買い物の帰りに、歩道橋から、ずっと下見てたんよ。今、飛び降りたら楽になるなあ、って。介護でろくに眠れてなかったから、死んだらそっからはめっちゃ寝れるなあ、とか思って。そしたら、それ見てた社長が慌てて路肩にハイエース停めてな」

とし子が大きく腕を振り回した。

「あかん！　あかんでっ！　あんた、何しとんの!?　アホかっ！　何やねその顔！　死んだらあかん！　ちょとこっち来ぃな！　あんたどこの人？　家どこ？　送ったるわ！　はよ車乗りぃ！」

とし子が声を潜めて、喚き散らすような怒鳴り声の真似をした。

「命の恩人なんんね？」

「ちゃう、ちゃう！　スカウトや。社長は事務所の稼ぎ頭になるダイヤの原石を、いつも探しとるってだけや。うちがタレントとして将来性があったから、あっこの事務所にスカウトされたんや！」

とし子が急に恥ずかしくなったように、わざと胸を張った。

社長の家のプレハブの光景を思い出す。

ヒョウ柄にどぎついメイクの〝大阪のおばちゃん〟のポスターが貼られている前で、すごく真剣にスニーカーを磨く、おばちゃんたちの姿。

「ほんまやね。としちゃん、めっちゃ将来性あるわ。めっちゃ、〝大阪のおばちゃん〟やったわ。めっちゃ元気でめっちゃ明るくてめっちゃうるさくて、悩みなんてなーんもあらへん！ って顔しとったもん」

光代は小さく息を抜いて微笑んだ。

「まただ、何言うてんの。みっちゃんはセンセイやん。センセイは、大事な仕事やからね。みっちゃん以外、他にできる人どこにもおらへんよ」

とし子は見当違いな感じで光代を励ましてから、

「仲直りできたな。雨降って地固まるや。ほなら、はよ寝ましょか」

と、掌をぽんと叩いた。

部屋に戻ってすぐに、畳の上に置かれた大きなキーボードのスイッチを入れた。

小さな赤いランプが点る。イヤホンを耳の奥に押し込んだ。

どうしようかな、としばらくぼんやりしていた。

この鍵盤を押せば音が出る。何十年も使われていないカナコちゃんのキーボードから。とし子が大事に大事にしてきた、遠い昔の家族の思い出から。

カナコちゃんがこのキーボードを使っていたとき、私はどこで何をしていたんだろう。

ふいにメロディが流れた。網戸の向こうにはっと顔を向ける。

背筋を伸ばす。鼻から大きく息を吸った。

あ、これいける。いけるわ、これ。

8

一週間ぶりの岸和田は、いっそう暑さが増していて、息をするのも苦しいくらいの熱中症日和だった。

洗ったばかりのたくさんのスニーカーが、干物を作るような大きな金網の上で陰干しされている。

光代はTシャツの袖を捲り上げて、事務机の上に置かれたキーボードの前に座った。

段差はないが、一応急ごしらえのステージだ。首振りモードの大きな扇風機から流れる生ぬるい風が、おくれ毛を揺らす。

「それやったら、皆さん、行きますよ？」

光代が言うと、レジャーシートの上で思い思いに足の痛いところを庇った座り方をした十人ほどのおばちゃんたちが、一斉にこくんと頷いた。

前奏を弾き始める。

古いキーボードなので、光代の家のグランドピアノとはまったくの別物だ。びっくりするくらい鍵盤のタッチが固いし音域も三オクターブまでしかない。

「あ――――」

僅かなビブラートをかけて静かに歌い出す。

「あいうえお」の一番最初の音である「あ」を発すると、胸元の骨がまっすぐ前に向かって細かく震える。

次のフレーズでは、肺いっぱいに空気を入れて。薄っすらと目を閉じて、波間を揺蕩《たゆた》うように身体を左右に揺らす。

「あ――、ああ――、あああ――」

光代の首元の柔らかい肉がふるふる揺れる。頭蓋骨と歯、鎖骨、肋骨――。硬い骨が、喉から流れ出す音を大きく跳ね返す。

硬い表情を浮かべたおばちゃんたちが、ちらちらと視線を交わし合う姿が目の端に映った。

ひと際大きく息を吸って、メゾフォルテ、フォルテ、フォルテシモ。足を踏ん張って、背骨に向かって、かつーんと歌声を響かせる。

「おおさかの――、おばちゃ――ん」

キーボードから手を放すと、おばちゃんたちがぽかんと口を開けていた。

「……みっちゃん、それ、オペラやん。そんなんわたしら歌えへんで」

とし子が、珍しく歯切れ悪い口調で呟いた。

「オペラとちゃうよ。カンツォーネのイメージや」

光代は胸を張った。

「昔のイタリアの歌謡曲みたいなもんよ」

イタリアの大衆音楽であるカンツォーネは、『サンタ・ルチア』や『オー・ソレ・ミオ』に代表される、愛と恋に彩られた軽やかなメロディが特徴だ。

悲しみが晴れて身体が軽くなるような。明るい日差しが降り注ぐような。ラテン系の美男美女がテーブルの下で手を繋ぎながら、にこにこスパゲティを頰張っているような明るい音楽だ。

「カンツオ……」

おばちゃんたちが明らかに困り切った顔をして、顔を見合わせている。

大阪のおばちゃんには弱点がある。相手の善意を無下にすることが、とてもとても苦手なのだ。

その時、最前列に陣取っていた社長の力強い声が響き渡った。

「ええやんっ！　最高ですわっ！」

おばちゃんたちが、ひいっと悲鳴に近い声を上げた。

「あんたらみたいな〝大阪のおばちゃん〟が真剣にカタラーナ歌ったら、そんだけで、めっちゃおもろいやんけ！　ぜったい、笑い取ろうとしたらあかん。センセイにちゃんと発声から教えてもろうて、真剣に真面目に歌うんやで。そしたらお客さん、にっこにこ大喜び間違いなしやっ！」

社長はぱちぱちと拍手をしながら、光代に向かって歩み寄った。

「センセイ、ほんまおおきに。ありがとう。こんなええ曲作っていただいて。センセイにカタラーナお願いして、ほんまによかったわあ！」

社長は涙ぐまんばかりの様子で、光代の手を力いっぱい握り締めた。

「……カタラーナちゃいます。カンツォーネですう」

小さい声で訂正した。

「ほな、皆さん、今日からセンセイにいっちょ特訓していただきましょか。皆さん、きっとメロディ覚えんのも大変やねえ。せやから、サビの『大阪のおばちゃーん!』ってとこ以外は、センセイが歌ってくださった『あああ――』のままでどうです? ねえ、センセイ?」

社長がぽん、と手を叩いた。

おばちゃんたちの眉毛は、福笑いみたいに下がってしまっている。

「なんや、あんたら怖気づいたんか。〝大阪のおばちゃん〟がそないなことでどうすんの?」

「無茶言わんといてくださいな! うちらただの主婦ですさかい!」

おばちゃんたちは、いやいや、と手を前で振りながら及び腰だ。

「みんな同じ人間ですやん。ごちゃごちゃ屁理屈ばっかり言わんと、センセイについてったらええねん。センセイは教えるのが仕事ですさかい。ちゃんと言うこと聞いとったら、あっという間に、ちゃちゃちゃーっとできるようになるわ。なっ? そうですやろ?」

泥の匂いのする熱い風が、光代のおくれ毛を揺らす。汗ばむシャツに振りかけた虫よけスプレー、作り置きの麦茶、しょっぱいおかき、どこかの家から流れてくるお線香の煙――。

光代は、ああ、と胸の奥で呟いた。

これは夏休みの匂いだ。やってみたいことはこれから何でもできる、あの頃の夏休みの匂いだ。

「そしたら、同じ曲、もう一回、最初からいきましょ。今度はゆーっくりやってみますんでね。『大阪のおばちゃーん』って歌詞のとこだけでも、一緒に口ずさんでみましょか」

光代はセンセイの声で言って、じゃーんとピアノを鳴らした。

おばちゃんたちがはっと息を呑む。

先ほどまでの気の進まない様子が嘘のように、皆が揃って目を輝かせた。

だんじり祭

1

だんじり祭なんて大きらいや。

岸和田に生まれたってだけで、みんながみんな、年中だんじりのこと考えて生きとるわけあるかいな。そんなんよその人の幻想や。

「よいしょ、っと。ああ、しんど」

小畑とし子はあちこち擦り切れた布製のキャリーケースを勢いよく持ち上げた。よろめきながら、ホームと車体の隙間をどうにかして乗り越える。

関西空港駅から乗り込んだ南海線なんば行き空港急行の車内は、大きなスーツケースを転がした観光客で八割くらいの座席が埋まっていた。りんくうタウンを過ぎて、泉佐野を過ぎて、貝塚も過ぎて、岸和田駅に止まる。

うだるような暑さはお盆の頃とさほど変わっていないのに、九月に入るとふとした瞬間に秋の気配を感じる。換気のために少しだけ開いた窓から、微かに金木犀の香りが漂った。

スーツケースを持った車内の人たちは、これから何が起きようとしているかも知らずに、熱心にスマホを覗いている。

電車が岸和田駅を発車した。

「嘘っ！　何これ？」

隣の座席から、東京弁の悲鳴が上がった。

ペアルックのだぶついた服を着たカップルの、女の子のほうだ。素早く窓の向こうにスマホを向けた。

「えっ！　今日、お祭なわけ？」

窓の外に現れたのは、「暴走」という言葉がぴったりな勢いで小山のようなだんじりを曳き回す、法被姿の若者たちだ。

だんじりの屋根の上で天狗のようにひらりひらりと舞い踊る大工方《だいくがた》。先頭で旗印を空に向けて振り回す纏《まとい》の若者。沿道に集まる黒山の人だかり。

あ、あのだんじり、若松町や。

男たちの濃紺の法被の背には、町名を表す文字が染め抜かれている。下半身は爪先まで股引きと地下足袋で寸分の隙もなく覆われて、輝くように真っ白な光を放つ。頭に巻いた振り鉢巻も同じ白だ。

見渡す限りどこもかしこも一面に、岸和田の男たちがうじゃうじゃとひしめき合っていた。

「……試験曳きや。祭の二週前の日曜は、試験曳き、って決まりやで」

とし子が口を挟むと、若いカップルは揃ってきょとんとした顔をした。

そう、これはまだまだ祭の本番ではないのだ。

ここいらの人は、祭が近くなると〝入魂式〟やら〝試験曳き〟やら、いろんな理由をつけては、だんじりを曳き出そうとする。

「そのへんぜーんぶ通行止めになって、たいへんやで」

いかにも迷惑そうに言ってみせたら、カップルの男の子のほうが、「やばいっすね。この人たち何が楽しいんですか？」と言った。

「渋谷のハロウィンとかと同じ感じ？」

女の子のほうが恋人に耳打ちした。

「……知らんわっ」

自分から東京の若者にすり寄るようなことを言ったくせに、なぜかたまらなくむかっ腹が立った。

とし子が春木駅に降り立つと、だだっ広い駐車場だけがある寂れた駅前の道を、だんじりが右に左に激しく傾きながら爆走していた。

「どけやぁ！　行かんかええええ！」

太鼓と鉦《かね》を打ち鳴らす鳴り物の音。そーりゃ、そーりゃ、と低い掛け声。

「ああもう、うっさいわ。道あんな汚してどないすんねん。路上喫煙は禁止やんけっ。あとで掃除したらええってもんちゃうんや」

とし子は口の中でひとり悪態をついた。

青年団の若者たちの雄叫びのような歓声。

ふいにアキラの声が蘇る。

――お母さん、オレ、青年団入るわ。もう決めてんねん。

またこの子は柄にもないこと言い出したわあ、と夫と二人で頭を抱えたのは七年前のことだ。揃いの法被を着てだんじりを曳く〝青年団〟に所属する若者は、実はこの町でそこまで多くはない。

彼らは祭の花形だ。祭の当日は、老若男女が各々の町のだんじりを見上げて、青年団の若者たちの荒々しい姿に憧れの目を向ける。

だが祭のためには、さまざまな面倒な準備が必要だ。

〝花寄せ〟と呼ばれる寄付を募りに町中を回らされ、深夜の〝走り込み〟の練習や、鳴り物の練習。だんじり小屋で折に触れて開催される〝寄り合い〟と呼ばれる集まりは、上の言うことには決して逆らえない縦社会だ。

さらに夫は公立中学校の教師という職業柄、祭の夜の見回りに辟易しているので、子供たちはできるだけ祭に関わらせたくないという考えだった。

――寄り合いいってな、中学生でも、酒とか煙草とかみーんなやらなあかんねんで。怖い兄ちゃんにしばかれたりすんねんで。お前にそんなん無理や。

――ああ、もううっさいわ。お父さんいつの話してんねん、そんなん昭和や。

アキラは夫の脅し文句を軽やかに笑い飛ばした。

――やっぱオレ、めっちゃだんじり好きやから。

あの日のアキラは、なーんも考えていなさそうな澄んだ目をして、ひとり勝手に納得していた。

「だんじりなんて、ろくなもんとちゃう。なんや、あんなん」

岸和田のすべてがだんじり祭に向かって進むこの季節。とし子の脳裏にはあの時のアキラの目が浮かぶ。

夏の盛りが過ぎると毎晩だんじり小屋から流れ出す鳴り物の練習の音。エアーサロンパスの匂いのする風。紅白の幕で飾り立てられる電柱。

どれもこれもうんざりだ。

とし子は凸凹の目立つアスファルトの道を、猛烈な早足で進んだ。

2

何度かキャリーケースの車輪にくるぶしを轢かれながらようやく家に辿り着くと、玄関先に真新しい電動自転車が止まっていた。

「ただいまあ。遅なったねえ。留守番頼まれてくれて、ほんま助かったわあ。ありがとう、おおきにね」

框《かまち》に腰掛けて汗を拭きながら声を掛けた。

「おかえりなさーい。飛行機、どうでしたか？　うまく行きました？」

黒光りするスパッツの上に同素材のミニスカート、というマラソン選手のような格好をした沙由美が、玄関に飛び出してきた。

「もうバッチグーや！　沙由美ちゃん、あんた天才やわ。飛行機揺れるたんびに、前に後ろにこっちからぐいんぐいん身体揺らしてな。あれすごいなあ！　あんたのお陰で、おばちゃん飛行機恐怖症を克服しましたわ。これで海外ロケとかいつでも行けんで！」

「効果があって良かったです。CAの友達から教えてもらった裏ワザなんですよ。隣の席に誰かがいたら、ちょっと恥ずかしいですけど」

「恥ずかしいことあるかいな。こっちは命からがら必死のパッチや！　はい、これ、頼まれてた伊勢丹にしかないバームクーヘンな」

「ありがとうございます！　わあ、私、このバウムクーヘン大好きなんです。小さく切ってジップロックで冷凍して、この先、辛いことがあるたびにちょっとずつ食べます」

沙由美の東京弁を聞いていると、なんだか夢の続きにいるような気がした。

今回の東京行きで、とし子はバラエティ番組のご意見番として、無名の若手タレントに混じってひな壇に並んだ。

地方から東京に出てきた綺麗な女の子は、誰もがみんな危なっかしい。きっと地元に帰れば良い子ばかりなのに。今うち東京いてるんやからええかっこせなあかん、と思い込んでいるせいで、しょうもない嘘や人さまを見下すような発言をぽろりと零《こぼ》して炎上してしまうのだ。

ひな壇に並んだメンバーがそんな危険な流れを作り出しそうになると、とし子は慌てて「あかん、あかーん！」と泉州弁の大声で怒鳴って場を引っ掻き回した。

スタジオのみんながどっと笑って、カメラの向こうでカンペを広げているスタッフがぐっと親指を立てる。

よっしゃ。

胸の内でそう呟いてにんまりと笑みを浮かべる。

皆が笑ってくれるのが楽しくて楽しくて、もうこのままうちの身体、カメラの前でバターみたく溶けて消えてしもたらええのになあ、と思った。

けれど、とし子はここに戻ってきた。

玄関の三和土《たたき》に、踵が擦り減ったサンダルが雑に揃えてあった。

「あ、エリカさんたち、一時間ほど前にいらっしゃいましたよ。ヘルパーさんはさっき帰られたんで、もうすぐ終わると思います。ちょっとだけお手伝いしましたけど、ほんとうに少しもベッドが濡れないようにできるんですね。まさに職人技でした」

「ありがとう、おおきにね。これ、留守番のお礼な。ほんまにおおきにね。バームクーヘンはおばちゃんからのお土産やからね。気持ちやからね。お代とか気にせんといてな」

ティッシュペーパーで包んだ一万円札を渡すと、沙由美が「あ、はい。わかりました。お土産、ありがとうございます」と、なんだか妙に可笑しそうにくすくす笑った。

和室に向かうと、囁き声が漏れ聞こえてきた。

「ええやん、かっこええわ。あ、ちゃうわ。あかん。横んとこ、ワックス白いの残っとったわ。ごめん、怒らんといてね。いややわ、そんな顔せんといてよお」

「エリカちゃん、ありがとう、おおきにな。おばちゃん今、戻ったわ」

とし子が少し大きめの声を出しながら部屋に入ると、エリカがはっと顔を上げた。

明るい茶色に金色がところどころ束になって混ざった色の髪を、後ろで一つに結んでいる。グレーのカラーコンタクトに真っ赤な口紅、ハイウエストのショートパンツからむっちりと身が詰まった脚が覗く。腕っぷしが強そうな、華やかで生命力に溢れた娘だ。

「あ、おばちゃん、おかえりい」

エリカは話し声を聞かれていたと気付くと、決まり悪そうに唇を結んで視線を泳がせた。アキラが高校生の頃、お菓子を用意して部屋にいきなり突撃すると、二人とも決まってこんな顔をしていたものだ。

「東京どうやった？　ええなあ。うち、もうしばらくディズニー行けてへんわ」

エリカがアキラから一歩離れた。洗髪やカラーリングに使ったビニールシートがたくさん詰め込まれたゴミ袋の口を、慣れた手つきで結ぶ。

ここから五百キロ以上離れているのに、岸和田の若者はみんなディズニーランドが大好きだ。

「おばちゃん、仕事で行ってますねん。遊びとちゃいますう。ああ、やっぱええなあ。アキラ黒いのが似合うわ」

アキラの明るい金髪が真っ黒に染まって、艶やかなワックスで固められていた。

「金髪のままやったら、だんじり参加でけへんもんな」

エリカがアキラの顔を覗き込んで、「な」と笑いかけた。

祭好きの岸和田の若者は、毎年この時期だけは髪をきちんと黒く染めて整える。だんじりの日は、皆揃って必ず黒髪。法被を着崩したり、だらしない格好をするのも厳禁。神さんの前に出るときは、少しも気を抜かずにしっかり身支度を整えること。

それが青年団の鉄の掟だ。

「そしたらまた、祭の日にみんなと寄るから、それまでええ子で待っててな」

エリカが両手で何度も投げキッスをする真似をした。

「おおきにね。はい、これ、カラーリングとセットの料金。エリカちゃんプロの美容師さんなんやから、遠慮せんとちゃんと貰わなあかんのよ」

玄関先まで追いかけて、沙由美に渡したものと同じティッシュペーパーで包んだ一万円札を渡そうとした。

いつもなら、「おばちゃん、ありがとう!」と屈託ない笑顔を見せて受け取るエリカが、顔を伏せてもじもじしている。

「何? どないした?」

エリカが意を決した様子で顔を上げた。

「おばちゃん、あんな。うち、もうすぐ来れへんくなるかも」

「えっ、ほんま。仕事、変わるん?」

弾かれたように早口で答えてしまった。大きく息を吸う。

「もしかして、ええ人できたん?」

声が震えてしまったらどうしようと思った。けれど、想像よりもずっと明るく言えた。これぞ年の功だ。いつかこんなときがくるのに備えて心の中で何度も何度も練習した、あっけらかんとした明るい一言だ。

「えっ? ちゃうよ。ぜんぜん、そんなんとちゃう」

エリカが誰かの助けを求めるように視線をふらつかせた。

「何? 何? どうしたん? おばちゃんに言うてみ?」

声を潜めてエリカに身を寄せた。

エリカの首筋から、ココナッツの甘ったるい匂いが漂った。

「……ううん、やっぱなんでもないわ。おばちゃん、変なこと言うてごめんね」

エリカはもう一度「おばちゃん、ごめん」と言って、素早く目を逸らした。

3

中指に嵌めたオパールの指輪をくるくる回しながら、とし子は和室の卓袱台で家計簿を広げた。

家計簿という名のとおり、この家のことに使ったお金だけを書き留めておく帳簿だ。東京で使ったお金のことはどこにも書かない。

玄関でドアが開く音がしたので、慌てて飛んで行った。

「ああ、お父さん、おかえりなさい。いろいろすんませんねえ。おおきにね。鳩サブレーと黒船のカステラ、お土産に買うてきましたよ。夕飯はビフテキにさせていただきます」

カッターシャツにループタイ姿で少しお洒落をした夫は「ただいま」の一言も言わずに、「表、めっちゃあついでえ」と靴を脱ぎ散らかして框へ上がった。

とし子が痛む腰を押さえて屈み靴を揃えると、夫は廊下の奥の風呂場に向かっていた。

「お湯、張りましょか？」

勢いよく脱衣所のドアを開けると、夫が服を脱ぎながらこっちを見ずに「シャワーでええわ」と答える。

「なんや」

夫が面倒くさそうな顔で、下半身をぶらつかせながらタオルで胸元を隠す。

「変なポーズせんといてくださいな。そしたら仕事減るから助かりますう。お着替え棚にありますさかい、じぶんで好きなの取れますな？」

和室に戻って再び家計簿に向き合った。ペンを握ってオパールの指輪にかちかち当てる。

このオパールの指輪は夫に買ってもらったものだ。

長女のカナコが生まれたばかりだったから、もう三十年以上前。夫がスナックのママと浮気をして、強面の男がこの家に怒鳴り込んで来るという大騒動があった。

公立中学の教師をしていた夫のため、姑と二人で泡を食って火消しに飛び回っていたら、浮気そのものを責め立てる機会さえ逃してしまった。

「えっ、なんで？　そんなごっつい石、いりませんわあ」

ご機嫌取りにこんなものを貰っても、見るたびに嫌なことを思い出す。かなり強い調子で何度も断ったはずだが、「ええから、ええから、もらっといてな。気持ちや、気持ち」とデパートの催事場で夫に押し付けられた。

あの時は、年寄り臭くて趣味の悪い指輪だと思った。けれど今になると、節がごつごつした皺だらけの手に大きなオパールの鈍い光が似合う。

「アキラ、さっきの聞いとった？　お父さん、今やっと帰ってきてん。どこ寄り道してはったんやろなあ」

アキラの電動ベッドの背中に目を向けた。

もちろん返事はない。

七年前、アキラは原付バイクで電柱に衝突する自損事故を起こした。夜の十時過ぎにエリカのバイト先のカラオケボックスに迎えに行った帰り道だった。

「後ろ乗ってた女の子は、ほぼ無傷でしたわ。兄ちゃんほっとしたな。はよ目え覚まし」

病室にやってきた警官がそう言ったときは、その場で泣き崩れそうなくらい安堵した。

だが事故から一週間ほどしてエリカが父親に付き添われて病室に見舞いにやってきたときは、ひどく胸がざわついた。

「エリカちゃん、来てくれてありがとうな。あんたが無事で、アキラ何よりほっとしとるわ」なんて涙ぐみながら声を絞り出した。

エリカの父親に「うちの馬鹿息子が、大事な娘さん危ない目遭わせてしもて、ほんま申し訳ありません。ご覧の通りちゃんと痛い目見てますんで、どうぞご堪忍ください」と深々と頭を下げた。

けれど本心ではこの娘さえいなければ、と奥歯が割れそうになるくらい歯を食い縛っていた。

アキラは目を覚まさなかった。前みたいに「お母さん、うっさいわ」と憎そい顔で睨んでくることはなかった。

アキラの容態が安定しどうにか目だけは開けるようになって退院してからも、エリカはちょくちょく見舞いにやってきてくれた。

毎週のように来る時期もあれば、数ヶ月間が空くこともあった。だが、高校を卒業して専門学校に入学して、その専門学校を卒業して岸和田駅前の美容院で働き出しても、エリカはずっとアキラのことを忘れずにいてくれた。

あれから長い時が過ぎた。ようやくエリカにも人生の転機が訪れたのだ。

「……エリカちゃん、ありがとうね」

エリカの名前を口に出したら胸にじんと迫るものがあった。目頭に溜まっていた涙に気付いて、エプロンの端で慌てて押さえた。

東京から帰ってきたばかりはいつも涙脆くなる。目に映るものすべてがあまりにも自由で綺麗で華やかで幸せだったから。ここにいると、ああまた現実に戻ってきてしまった、と感じるのだ。

岸和田を出て、自分の人生を生きていくんだと息巻いていた高校生の頃が遠くに感じられる。

「ああうち、ほんまちっちゃい頃のままやわ」

幼い頃に、従妹一家と淡路島へ出かけた家族旅行。あまりにも何もかもが嬉しくて楽しくて幸せで。最終日に帰りたくないとホテルで泣き喚いて、帰りの車の中でも恨みがましい顔で涙目で黙り込んで、帰宅してからも人が変わったように塞ぎ込んで。親戚一同をほとほと困らせた。

そのせいで両親が「とし子またあんなんなったらあかんから、うちはやめとこか」なんて言い出して、それから何年も一族の旅行に参加することができなくなってしまったのだ。

けどうち、こないだ六十になったからな。さすがにちょっとはかしこなったわ。

「あかん、夕飯、ビフテキやんな。今日だけは特売ちゃう、ええの買うてこよなあ」

風の向きが変わったのか。駅のほうから、鳴り物の音と男たちの叫び声が微かに聞こえた。

4

祭の前日にまた試験曳きを終えて、明日からいよいよ祭の本番だ。

紅白の垂れ幕がそこかしこにかかった昼下がり、とし子は春木駅前の商店街を進む。

「ああっ、小畑さん！　久しぶりやね、元気ぃ？」

パン屋のビニール袋を手に美容院に入ると、頭にラップを巻いて髪染め中の正岡さんが、鏡越しに手を振った。

「いつもうちのお嫁さんと仲良うしてくれて、ありがとう。息子もほっとしとるわ。あの子らこっち越してきたばかりのとき、わたし離婚なるかと思っとったんよ」

自分の家の話だから別にいいだろうという感じで、正岡さんは少しも声を潜めない。

「沙由美ちゃん、めっちゃええ子やん。美人やしな。あんたの息子にはもったいないわ」

「ええ子は、ええ子よ。けど、東京弁、めっちゃきっついねん。こないだ家の建て替えの話出たときな、『お義母さん、私、それはどう考えても平和な未来が想像できません』なんて怖い顔して言われてな、『はいはいー、すんませんー、やめときますぅ』ってめっちゃ謝ったわ。あの子と話しとると、裁判中！　みたいな気持ちになんねん」

「向こうも、この人らなんでいっつもぶち切れてんねん、って思うとるよ。あ、店長さん、これ差し入れな。こっちがカレーパンとかお惣菜ので、こっちが甘いの。若い人こういうの好きやんな？」

「わあ、いつもすんません。めっちゃ助かりますぅ。こんなようさん！」

真っ赤な髪をポニーテールにした顔見知りの店長さんが、袋の中を嬉しそうに覗き込んだ。

「みなさん朝からずっと立ちっぱやんな？　この人らお昼いつ食べてんの、って気になってしゃあないんよ」

今日、美容院の中で普段通りに稼働している椅子は、正岡さんの一脚だけだ。

それ以外の椅子はすっかり脇に片付けられて、まるで成人式の朝の着付け会場のように、店内一面に青いビニールシートが敷かれている。小学生の女の子がそこかしこに座り込んで、美容師たちが手早く髪を編んでいた。

祭の前日は、岸和田じゅうの美容院がこの子供たちの〝だんじり編み〟で目が回るような忙しさとなる。

「美容師さんて、ほんまたいへんやなあ」

「今日は朝五時から、ずうっと髪編んでますぅ。トイレ行く間もないですわ」

「五時て！」

とし子と正岡さんとで、声を合わせて目を剝く。

「みんなあ、小畑さん差し入れくれはったで！　ちゃんとお礼言い！」

「うわっ、ありがとうございますぅ」

「小畑さん、いっつもすんません」

「わーい、ぼくここのパン大好きやわあ。ありがとうございますぅ」

色とりどりの色の頭をした若い美容師たちが、代わる代わる笑顔を向けてくる。だがその顔は、輝く若さをもってしても隠し切れない疲労でどす黒く見えた。

エリカの顔が浮かぶ。

あの娘が働いているという岸和田駅前の美容院も、こことそっくり同じように戦場と化しているに違いない。

あかん、あかん。お節介したらあかん。いらんことしたらあかん。

とし子は大きく鼻息を吐いた。

5

岸和田商店街は紅白の垂れ幕だらけで、そこかしこにビールケースが積み上げられている。夜の十時を過ぎているのに、エリカが働く小さな美容院にはまだ灯りが点いていた。

と、美容院の裏手のドアが開いた。

「いける？　いける？　ほんまいける？　顔真っ青やで。タクシー呼んだほうがええんとちゃう？」

若い女性の心配そうな囁き声。

「みんなやって疲れとんのに、ほんまごめんなあ。こんな時に情けないわあ」

「ええの、ええの。今日みんなアドレナリン出とるから、疲れたとか誰も言わへん。エリカもはよ寝え。明日一緒にだんじり行こな！」

「うん。行こ行こ！」

同僚に勢いよく手を振って裏口のドアを閉めた途端、エリカは一まわり小さくなったようにしゅんと背を丸めた。

エリカは店を出てすぐの自動販売機で、ダイエットコーラのペットボトルを買う。半分くらい一気に飲む。直後に電信柱に腕をついて、まるで吐き戻すかのような不穏なげっぷを吐いた。

お節介は、あかん、あかんよ。若い子、いらんお節介とか嫌がるからな。めっちゃ偶然な、こ通りかかったことにせなあかんのよ。ええな？　それで行こ！

「エリカちゃん、待っとったよ。さ、はよ帰ろ。な、な」

あ、間違うた。待ってた、なんていちばん言うたらあかんかったわ。

「わっ、何!?」

エリカが芸人のように両腕を大きく広げて飛びのいた。

とし子の姿を認めると、余所行きの顔に戻るか素のしんどそうな姿を晒すか迷うように身を縮めた。

「おばちゃんこんなとこで何しとんの？」

「まあええやん、さ、さ、あと二分で戻らな。そこのコンビニの奥さん幼馴染でな。駐車場に五分だけ車停めさしてもろてんねん。はよ行こ」

腕時計に目をやって、エリカの背を抱くように先を促す。

「ええっ、なんでうちが具合悪なったの知っとんの？　店長から聞いたん？　なんで店長がおばちゃんの連絡先知ってんの？　何つながり？　え？　え？」

店長さんなんて知るかいな。エリカは時々こういうちょっとズレたことを言う。

ふいに愛おしさに胸がいっぱいになる。

アキラあんた、この娘のこんなとこが好きやったんやね。

「ちょうどよかったやん、おばちゃんすごいやろ？」

「ほんますごいわあ！　さっきめっちゃ眩暈《めまい》してな。もうその場に立ってられへんくなって……。へアスプレーの匂いとかもうあかんねん」

よほど身体が辛かったのか、エリカは一切遠慮せずに、素直に軽トラックの助手席に乗り込んだ。

「ほんまありがとう。こんなんでチャリはあかんなあ、って。そしたら赤字覚悟で深夜にタクシー呼ばなあかんのかなあって、どーんって気ぃ重なってたとこ」

ありがとう、と素直に言われて胸が詰まる。エリカがタクシーを使うだなんて。これはもう間違いない。

「ええの、ええの。大事な身体やんな？」

出せる限りの優しい声で言った。

「えっ」

エリカが息を呑んだ。

暗闇の中の紅白の垂れ幕。だんじり小屋の脇に設置された白いテント。これが岸和田とは思えないくらい綺麗に掃き清められた道。祭の前日の期待にはち切れんばかりの街を、軽トラックはぶんぶんと進む。

「相手、誰？」

「わっ！　めっちゃ直球！」

エリカが助手席で跳ね上がった。

「てか、おばちゃん、なんでわかんのよ！」

「わかって当たり前や！　おばちゃん、何人子供産んだと思ってんねん！　で、相手誰なん？　隠さんといて」

「別に隠さへんよ。タイガや」

エリカがあっさりお腹の子供の父親の名を出した。

「タイガ!?　あのクリーニング屋の子？」

タイガはアキラの中学の同級生だ。一見鋭い吊り目の強面で、けれど笑うとそれがそのまま大黒さんみたいな垂れ目になる。よく我が家に遊びに来てはゲームに熱中して、いつまでも家に帰らない子だった。

「そっかあ、エリカちゃんあんたクリーニング屋さんになるんね。よかったねえ。染み抜きおまけしてなあ！」

自分の大声で鼓膜がじりじり震えた。

タイガの家は春木駅の近くで代々クリーニング屋を営んでいる。家業を継ぐはずのタイガ本人はどうも煮え切らないまま三角公園の古着屋でアルバイトしたりしつつフラフラしているらしく、熱烈な阪神ファンで有名なクリーニング屋のご主人がえらく気を揉んでいた。

「……うーん、たぶんないわそれ」

エリカがしばらく黙ってから、渋い顔をして唇に手を当てた。

「は？　なんで？」

「……だってまだ、産むかどうかもわからへんし」

エリカは眉を下げた。

「ええっ!?　なんでよ!?　あんた、何言うてんの!?」

慌てて路肩に軽トラックを停めて、ハザードランプを点けて、サイドブレーキを引いてから向き合った。

エリカは濃紺のネイルが塗られた爪で唇をいじりながら、細く長い息を吐いて、「なんでおばちゃんが怒ってんねん」と目を逸らす。

「あんたたち、もう二十四やんけっ！　いつまでも子供やないねんで？　エリカちゃんはちゃんと資格取ったしな。タイガはちょっと頼りないけどな。男なんて家継いだら、すぐしゅっとするわ。子供できたならええ機会やないの。何があかんのよ？　そないなええ加減なこと言わんといて！」

しばらく待っていたが、エリカは何も答えない。ただ右手の指を落ち着きなく口元に当てて、息を吸って、吐いて。

「……エリカちゃん煙草やめたのな」

とし子が気付いたことをそのまま口に出すと、エリカの驚いたように見開かれた目に、ほんの一瞬だけ涙が浮かんだ。

「ようお腹の子守っとるやん、えらいわ」

6

岸和田の夕暮れ空に、祭の初日の生き生きした鳴り物の音が響き渡る。

夢の中で日が暮れて、明日の朝も夢で始まる。一年のうちでいちばん楽しい夜だ。

「おばちゃん、こんばんはあ。今年もお邪魔しますう！」

「わっ！　渡り蟹めっちゃでかいわあ。ご馳走や。アキランち、やっぱめっちゃ金持ちや！」

日が暮れた頃に、女の子たちが続々と家に集まってきた。

二十畳の和室に、十人近い女の子と、その幼い子供が数人。

おでんと渡り蟹と水茄子の漬け物とふぐの刺身と串揚げと。子供たちに用意した焼きそばと鶏のから揚げ。それに一缶四百円以上するプレミアムビールがたくさん。烏龍茶、なっちゃん、キリンレモン、そして今朝慌てて酒屋で買ってきた、ノンアルコールビールとノンアルコールチューハイとノンアルコールワイン。

アキラの幼馴染の女の子たちは、いつからか毎年祭の夜、こうしてこの家に集まって宴会をするようになった。家庭を持っている子も彼氏がいる子も、祭の夜に男たちがろくに戻ってこないのは知っているからだ。

「いらっしゃい。はい、いらっしゃい。ゆっくりしてってなあ」

蛇のように光る純金の喜平ネックレスで着飾った姑は、今日だけは少しも危ういところのない様子で、ひとりひとりに愛想良く挨拶をしている。

「おばちゃん、これめっちゃおいしいわあ。余ったら持って帰ってええ？　ビールも」

「ええよ、ええよ、おばちゃんとこあってもしゃあないからもってき」

「やった！　入れもんある？」

「あんたさっき余ったらって言うてたやん」

「ぜったい余るわこれ。こんな一度に食べれへんよ。うちら女の子やで」

女だけの宴は猛烈にやかましくて華やかだ。

「アキラ、よかったな。両手に花なんてもんやないわな」

としエが電動ベッドのアキラに向かって声を掛けると、ひとりが「アキラ、いっつもモテモテや。めっちゃ優しいからなあ。ぜったい怒鳴ったりしばいたりせえへんし」と言った。

輪の中で、普段通りに明るく振舞っているエリカが目に留まった。

顔色の悪さが気になったが、皆とお喋りしているうちに血の巡りが良くなってきたのだろう。

昨夜の軽トラックの中での険しい顔が嘘のようにはしゃいだ姿にほっとする。

ビールを飲んでいないことを確認してほっとする。アキラの人工呼吸器があるのでもし煙草を吸いたくなっても、この家は火気厳禁だ。それもほっとする。

すっかりエリカの母親気分だ。

ようやく歩き始めたばかりという様子の小さな女の子が、から揚げ片手に電動ベッドの縁に手をついて、アキラの顔を見上げてにっこり笑っていた。

「ああっ、ココちゃん、人工呼吸器さわったらあかんよ。どっかーんて爆発すんで！　あとアキラに食べ物与えんといてな。喉詰まらすからな」

「おばちゃん、そんな言い方したらあかん。アキラ、動物園のゴリラとちゃうねんで」

遠くで男たちの歓声が聞こえた。

だんじりは夜になると提灯に灯を入れて、ゆっくり町内を練り歩く。

「あんな、みんな聞いて。今日、大事な話あんねん」

エリカがふいに酔っぱらったかのような大声を出して顔を上げた。

「うちな、ロンドン行こうと思ってんねん。留学すんねん」

「ロンドン!?」

とし子は思わず大声を上げた。いったいこの娘は何を考えているのだ。

「おばちゃん、ちょっと静かにしとって。驚きすぎや。うち、美容師の勉強すんねん」

エリカが眉間に皺を寄せて下唇を噛んだ。

友達一同は、エリカの突拍子もない発言に首を傾げ、ざわついている。

「美容師の勉強って、わざわざロンドンでするもんなん？　心斎橋とか、梅田とか。それか東京行った方が早いんちゃうの？　原宿とか、青山とか……」

「もう決めたんよ。ロンドンで修業して腕上げて、ここ戻ってきて店持つんや」

「戻ってくんのかい！　そんならずっとここおってお金貯めたほうが早いんとちゃうの？」

皆の間に妙な雰囲気が漂う。

「ええの！　うちはロンドン！　うち、前からロンドン行くの夢やったんよ。ロンドンで美容師の修業したいんよ。けど、そしたらもうアキラの髪染めに来れへんくなるんやけど。会えへんくなるんやけど。けど、けどな……」

エリカが泣き出しそうな顔でアキラを見つめる。

皆がはっとしたように口を閉じた。気の毒そうに眉を下げたり、そういうことにしとくしかないわな、と渋い顔で頷いたり。何ともいえない気まずい顔で視線を交わしている。

ようやくとし子も勘付いた。

エリカはロンドンへなんて行きはしない。ただアキラにもうここへは来れないことを伝えたいのだ。

アキラはもちろん何も答えない。

アキラの身体にかかったタオルケットに、ローマ字でMICHIKO LONDONと書いてあるのに気付いた。
MICHIKO LONDONは地元出身のコシノ三姉妹の末娘コシノミチコが手掛ける、トレーナーや引き出物のタオルやコンドームで有名な世界的ブランド。岸和田の誇りだ。

7

和室で社長が取り出したのは、全身ヒョウ柄で前面にヒョウが牙を剝くリアルな顔が描かれたロングドレスだった。

「うわっ、またえらい派手なん来ましたなあ」

とし子はロングドレスの生地を引っ張った。枕カバーのような伸縮性抜群の生地だ。

「ばーんとしててええやろ？　虎さんここにおるから気になるウエストも目立たへんねん」

「これ虎さんとちゃいます、ヒョウですわ」

通天閣の地下ステージで行われる次のイベントで、とし子たちは皆で揃って同じロングドレスを着て、『大阪のおばちゃん』というタイトルのカンツォーネを披露することになっていた。

この衣装をあつらえるのに五万円もかかった。

「だんじりの最中に皆さんのとこ回るの、めっちゃ骨折れたわあ。どっこもかしこも人だらけやんな」

事務所に所属するおばちゃんたちが、ある日煌《きら》びやかな衣装を抱えて帰ったら、必ず夫と揉め事が起きる。それを気遣った社長が、岸和田じゅうの男たちが浮かれて家を出払っているこの隙に、皆の家を回ってドレスを届けているのだ。ひとたび家の中に持ち込んでしまえば、主婦にしかわからない隠し場所はいくらでもある。

「ハイエースここまでよう入れましたね。通行止め厳しかったんちゃいます？」

ちょうど昼の休憩が終わったところだ。束の間の静けさは終わりを迎え、再び一帯が鳴り物と怒鳴り声に包まれる。

「そんなん簡単や。窓開けて『ここじぶんちやあ、ここ入ったらじぶんちやあ』って言うたら、皆さん快く通行止めの看板横にのけてくれはったで」

「へえ、さすが社長。わたし、そんなのようせんですわ」

「なによ、ええかっこせんといて。あんたこないだ長崎屋で半額シールせかしとったやないの」

「訊くだけならただですさかい。いつもだんじり牛乳買うてますからね、誰にも迷惑かけとりませんよ」

今日は風の向きのせいで、家の中にいても、だんじり最終日のそーりゃ、そーりゃの掛け声がはっきり聞こえる。

「ようきばっとるわ」

社長が窓の外に目を向けて、ひひっと笑った。

「あんたのおじいちゃん、さっきだんじりの前のとこおったで。カンカン帽、あれかっこええなあ。えらいお洒落な方やんなあ」

社長が表を指さした。

「ああ、そうですか。あのカンカン帽えらいお気に入りでしたさかい、お棺に入れたんですわ。向こう行っても、大事に使うてくれてますのね。よかったわあ」

おじいちゃんはとうの昔に亡くなっている。六十歳になるとし子の祖父が生きているはずがない。

けれど祭の日、岸和田の人たちはこうして当たり前のように、さっき故人に会った、生きていた頃のままにだんじりを楽しんでいる姿を見た、と口に出す。

幼い頃は「えっ？　えっ？　おじいちゃん、どこにおるん？　おらんやんっ！」と大人たちに詰め寄った。けれどいつからか理解した。

祭の日は生と死の境目がわからなくなる。生きている人と死んだ人とみんなが滅茶苦茶に混ざり合って、みんなで怒鳴り散らして大騒ぎして叫んで酔っぱらって喧嘩して、疲労困憊して頭の中が真っ白になって。またみんなでだんじりを曳く。

「あんた、何考えとんの？」

社長がとし子の顔を覗き込んだ。

ふいに、すべてを社長に打ち明けたくてたまらなくなった。

（なあ、エリカちゃん、もしよかったらな）

軽トラックの中で、ほんとうはエリカに言いたかった言葉。喉まで出かかっているのを、どうにかこうにか飲み込んだ言葉が、胸の中で湧き上がってくる。

（なあ、エリカちゃん、もしよかったらな。もしよかったらやけど。もしもタイガと結婚せえへんのやったら、この家、小畑の家に養子に入らへん？　あ、嘘、嘘。アキラと結婚してとか、そういう意味とちゃうのよ。おばちゃんそこまで図々しないわ。けど、エリカちゃんも知っとるやろ？　うち、ようさん土地あんねん。銀行にもな、そこそこな。まあ、そこそこやけどな。小畑の家に養子入ったらな、あんたと、お腹の子とな、ここで玉ねぎ畑の手伝いでもしながらのんびり暮らしてくれたらええのよ。そしたら、ぜったい一生、喰いっぱぐれることないわ。子供、きっと大学も行かせられるんよ？　わたしらが死んだら、アキラのことは施設入れてもらってええんよ。そんでこんな家も畑もぜーんぶ売っぱらって身軽になって、ディズニーランドの近くに引っ越したらええねん。あんたが大好きなディズニーランド、毎日行けるんよ？　こんなええ話、他にある？）

「あかん、あかんっ！　小畑さん、あんた、あかんわっ！」

社長が額に青筋を立てて叫んだ。

「何ちゅう顔しとんねん！　あんた、だんじり観てきっ！　祭行って、おじいちゃんとかおとうさんとか、みんな会うてきっ！　ドレスあんたんとこが最後やったからな。わたし、このあと留守番しといたるわ！」

「へ？　だんじりはもうええです。毎年毎年、ずっとずうっと見てますさかい。見飽きましたわ。家のことようさん残っとりますし」

とし子は慌てて首を横に振った。昨晩の宴の片付けもまだ残っていた。

「おばあちゃんデイサービスから帰るの、四時半頃やんな。そしたら夕飯食べさしといたらええな。息子さん、次オムツ替えるのいつ？　支度どこにあるのか教えといてっ！」

「いやいや、社長、そんなんお願いできませんわ」

「なんでよ？　わたし、介護のプロやで。家でおじいちゃんとおばあちゃん八年と二ヶ月介護しとったからな。何かあったら、あんたに電話する前に救急車呼びますさかい。安心しといて。はよ行き！　はよ行きやっ！」

社長は歩道橋で出会ったときみたいな大声で叫ぶと、小脇に抱えていたエコバッグの中から使い込まれたエプロンを取り出した。

「お姑さんとか、息子とか、家のこととか、そんなん忘れとき！　けど大阪のおばちゃんは、いっつもにこにこ、日本の太陽や！　そこんとこだけは、ぜったい忘れたらあかん！」

8

生協で買ったウエストゴムのスラックスに、胸元にＨＡＷＡＩＩと書かれたワンピース丈のＴシャツ姿だ。アキラが小学生の頃、家族四人で出掛けた一度きりの海外旅行で買ったＴシャツ。自分の家から、着のみ着のままの姿で追い出されてしまった。

何が何だかわからないまま、とし子は鳴り物のてんててんという音に引き寄せられていく。

空は灰色で霧雨が降っていた。

太鼓の音が腹にずしんと響いて、そーりゃ、そーりゃの掛け声が波のように寄せては返す。

頭では嫌だ嫌だと思っているのに、気付くと頬が緩んでいた。六十年間生きてきたこの街の楽しい思い出ばかりが胸に蘇った。

ええなあ。

やっぱ祭はええなあ。

額に滲む汗を拭って歩きながら、ご機嫌なひとりごとが漏れる。

同じようにはしゃいだ様子の人たちの間を縫うようにして、春木駅前のＭＥＧＡドン・キホーテの入った古いショッピングモールに辿り着いた。

駐車場には屋台がびっしり並んでいて、少し大きな子供たちが車座になって、スマホで動画を撮ったり、飲み食いしたりしていた。

「お姉ちゃんたち、何それ。けったいな形してんなあ。どこで買うたん？」

渦巻状に丸められて巨大なペロペロキャンディーのような形のソーセージを手にした、中学生くらいの女の子グループに声を掛けた。

「あっこの屋台やで。右から二つ目」

「五百円したけどな。写真にはええけど、味はまあ許したってなあ」

「おばちゃん、ソーセージやったらね、駅前の肉屋のとこのがええよ。三百円やし」

「屋台のは何の肉使うてるかわからんて、うちのお母さん言うてたで」

「おおきに、ありがとう。けどおばちゃんあんたらと同じやつ、それ欲しいわあ」

教えてもらった屋台に並んで妙な形のソーセージを手に入れて、ちょびっとずつ齧りながら偶然通りかかっただんじりにくっついて歩く。

いくで、いくで、いくで。

〝やり回し〟の準備が整うと綱を引く若者たちがあちこちで言い合う。なぜか同時に、おうりゃあ、いかんかえ、じゃかましわあ、と物騒な怒鳴り声が飛び交う。

皆が獣のように前かがみになる。

黒山の見物客もしんと静まり返って、息をするのも忘れる一瞬だ。

呼子の笛が高らかに鳴る。

「よっしゃあああああ！」

罵声にしか聞こえない叫び声と気が触れたような勢いの鳴り物が響き渡り、だんじりの屋根の上で団扇を握った大工方が皆を煽りながら跳ね回る。

梃子《てこ》を使ってだんじりを傾けて、無事に回り切ることができると観客は拍手喝采だ。

「お節介や、ってわかっとるんやけどな」

結構大きな声で言っても、ここならあっという間に喧騒に紛れる。

「おばちゃんには関係ないことや、ってわかっとるんやけど。ほっといて、って嫌がられるかもやけどな」

てんててん、てんててん、という鳴り物の音に合わせて自然と身体が左右に揺れる。

「けどな、いつだってな、どこだってな、こういうときこそ、うちがなんとかしたらなあかん、って思うんよ。うちがお節介焼かなあかん、って思うんよ。そしたらアキラが喜ぶんとちゃうかな、って気がすんねん。あと死んだおじいちゃんも、死んだおとうさんも、ここいらの人たちみーんなが、おばちゃんようやった、って手ぇ叩いて喜んでくれるような気がすんねん」

「だってうちは大阪のおばちゃんやからな。お節介焼きで人情溢れて、悩みなんてなーんもあらへん。出会った皆さんをみんな、みーんな幸せにする、岸和田名物〝大阪のおばちゃん〟や。

「社長が初めて『うちら大阪のおばちゃんや！』て言うたときな、ほんまに空からばーんて光が降り注ぐような気がしたんよ。ああ、うち、大阪のおばちゃんでよかったわ、ってなったんよ」

順番待ちの列の最後尾に、春木若松町のだんじりが現れた。

「あ、おじいちゃんおる？」

とし子は思わず立ち止まった。

だんじりの前面に目を凝らす。七十八のときに大腸がんで亡くなった布団屋のおじいちゃんの姿が見えるような気がしてくる。

「おじいちゃーん！」

大きく手を振ってみる。

祭の今なら、周囲の人は少しも変な顔をしない。

「あ、あっこ、おとうさんもおるわ。おる、おる！」

父はとし子が結婚した年に、取引先の泉大津《いずみおおつ》の毛布工場で倒れてそのまま亡くなった。

適当に人がごちゃごちゃしているあたりを指さして騒いでいたら、通りすがりのおっちゃんが、

「ほんまか。おばちゃん、よかったなあ」と酒臭い息で応じてくれた。

「おとうさーん！」

今度はやまびこを呼ぶように口元に手を当てて、大きく叫んでみた。

おじいちゃんもおとうさんも。ずっとここにおるんやね。死んでもちっとも寂しないなあ。だんじり曳けるから楽しいなあ。みんなが笑ってる顔見れるの、嬉しいなあ。

とし子は涙でびしょびしょの頬を拭うのも忘れて、だんじりを見つめた。

だんじりなんて大嫌い、なんて思っていたことをすっかり忘れて。胸の中にたくさん積もっている気掛かりなことをぜんぶ忘れて。

あ、タイガ。

夢うつつでふわふわと漂っていた心のまま、タイガの姿を目でとらえた。

タイガは綱元《つなもと》のいちばん後ろ。だんじりに最も近い、いちばん危険とされる位置にいた。

アキラもタイガも二十四歳だ。十七歳から入った青年団の一員として、年長の枠に入る頃だ。

あそこにいるのはアキラだったかもしれない。

いくで、いくで、いくで。

綱元で身構えたタイガが目をきらきら輝かせているのが、ここからでもわかった。

「うおりゃあああ!!　いかんかえええええ!!」

ふと、どこかで誰かが、自分と同じようにタイガを喰い入るように見ているのを感じた。きょろきょろと周囲を見回す。

紅白の垂れ幕の括り付けられたガードレールに腰かけたエリカが、ウィルキンソンの炭酸水のペットボトルを手に、若松町のだんじりを、タイガのことを見つめている。
いた。

「いけやあ!! いかんかええええ!!」

エリカは古き良き時代のレディースの総長のようにドスの利いた声で叫ぶと、やり回しが成功した瞬間に「よっしゃ! おらあ!」と拳を振り上げた。

9

辺りはすっかり暗くなっている。けれども空は紅い。たくさんの提灯を灯したいろんな町のだんじりがゆっくり進んでいる。

祭が終わろうとしていた。

タイガが仮設トイレでドアを開けたまま小便をしていたところを狙って、いきなり首根っこをひっつかんでやった。

「わわっ、なんやねん! 触んなや! やめんかい!」

どうにかこうにか体勢を立て直して巻き舌で凄んで振り返ったところで、タイガの酔っぱらった顔がしゅんと冷めたのがわかった。

「なんや、アキラんとこのおばちゃんかいな。おどかすなや」

慌てて股引きを上げて帯を締め直す。滝のような汗が流れては引いて、煙草の煙とエアーサロンパスを浴び続けたタイガからは、地べたみたいな匂いがした。

「そしたら大事な話あるからな。そこ座り」

とし子はラーメン屋の駐車場のコンクリートの車止めを指さした。

「……エリカのことやんな」

タイガが叱られるとわかった子供のように身を縮めた。

「せやで、あんた何してんねん！　エリカのこと嫌いか？」

もしここでタイガが嫌いって言うたら、おばちゃんタイガのご両親と話つけたるからな。エリカあんたは安心しとき。

「嫌いとちゃうわ」

タイガが間髪容れずに答えた。

「せやね。エリカええ子やんな。そしたら、なんでエリカ、産むかわからんとか言うてんの？　ミチコ・ロンドンの真似してロンドン留学するとか、もう滅茶苦茶や」

「は？　あいつそんなん言うてたん？」

タイガが、なに言うてんねん、と呻いて頭を抱えた。

その反応にほっとする。エリカとお腹の子から逃げ出そうとしているわけではなさそうだ。

「そもそもな、タイガ、あんたがあかんのよ。あんたのええ加減な生き方があきまへん。あんたがクリーニング屋さん継がへんとフラフラしとるから、エリカちゃん不安になってしもたんやないの。女は、お腹に子供できたら獣になるんや！　母ライオンや！　あんたがちゃんと子供のこと守れる男かどうか、不安になんの当たり前やで！」

ほら、もっとしっかりせんと！　と、タイガの背を力いっぱい叩いた。

「……ぼく、エリカ妊娠したって聞いて、服屋辞めたわ。クリーニング屋、今月から修業始めとる」

タイガが顔を逸らしてぼそっと呟いた。いかにも気まずそうだ。

「へっ？　ほな、よろしいがな。お父さんもお母さんも、きっとめっちゃ喜びはったねえ。肩の荷下りたなあ。そしたらエリカちゃん、何も心配することないやんな？」

何かがおかしい。

とし子は胸にじわじわと広がる灰色の靄に眉を顰めた。

「なんや、おばちゃんてっきりな、タイガ。あんたがヘタレやから、エリカちゃん不安になってしもたんかと思ってな。これはおばちゃんが一言、お節介言うたらなあかんわ、って……」

口角が下がっていく。信じたくない。けれど、やはりそうなのかもしれないと思ったら胸が刺すように痛んだ。

エリカは大好きだった煙草をやめた。タイガはずっと逃げ回っていたクリーニング屋を継ぐと決めた。二人とも不器用ながら、懸命に大人になろうと藻掻《もが》いていた。

目の前に広がるのは、いくらでも転がっている幸せな若い二人の物語だ。

そんな彼らの幸せの障害になっていること。

やっぱり思い当たることは一つしかない。

タイガが目を閉じた。額に掌を当てる。何か言おうとして口を開いたが、やっぱり黙った。

「あんたたち、まさかアキラに――」

「おばちゃん、もうええよ。ありがとう」

顔を上げると、いつの間にかエリカが両腕を前で組んで立っていた。いつもと同じようにばっちり化粧を決めていたけれど、頬は少し窶《やつ》れていた。祭の夜だというのに少しも酔っぱらっていないその顔は、まるで十七歳のときのように幼く見えた。

「あんな、うち、ずっとおばちゃんに黙ってたことあんねん」

エリカが意を決した顔で、とし子を見据えた。

ああエリカとはもうお別れなんだ、とわかった。

「ほんまはあの日な、アキラ、今日は迎え行けへんって言うてたんよ」

「あの日っていつよ?」

「……事故った日」

とし子は息を呑んだ。黙り込んだ。大きく息を吸って、吐いて。しばらく呼吸を整えてから、拳を強く握った。

「アキラ何で行けへんって言うてたの?」

ほんとうは少しも聞きたくない話だった。今さら何を言ってもあの日以前には戻れない。けれど話を聞いてやらなくてはいけないのだ。エリカのために。タイガのために。お腹の子供のために。

「アキラ言うてた。『今日、お母さんの誕生日やから』て。お母さんたっかいビフテキ買うてきてじぶんの誕生日パーティの準備しとるからな、今日だけは僕、家にいたらなあかんねん、って」

とし子は遠くを見つめるように目を細めた。

アキラが事故った日は、決してアキラが死んだ日ではない。アキラの未来が奪われた日ではない。だからその日付なんて、わざわざ覚えたりしないと決めていた。こんなのただの一日や。ながーい人生の中でな、ちょっとばかし大きな事が起きただけの、ただの日や。

お母さんの誕生日？

わたしの誕生日。ほんとうにそうだったんだろうか。確かにあれは九月のことだった。だけどその日付が正確にはいつだったのか、記憶に残っていない。

「うちな、それ聞いて、めっちゃイラってきてな。断るにしてももっとええ言い方あるやろ、って。アキラいっつもお母さんからもらった住吉大社のお守りカバン付けとったのとか、うち門限あんねんお母さん心配するわ、とか言ったりすんの、めっちゃムカついてな。そんなんマザコンや、かっこ悪ぅ、お前ヘタレや、って言うて。お母さんとうちとどっちが大事なんや、ってめっちゃギャンギャン言うてな。そしたらアキラが、わかったわかった迎え行ったらええんやろ、ってなって……」

「そのときアキラ、お母さんとあんた、どっちが大事って言うてたの？」

エリカがひっと息を呑んだ気がした。

「……おばちゃん、ごめん」

「ええのよ」

ええの、ええの。若い人ら、そういう話みんなするわ。

とし子は力なく笑った。

「うちがあんなこと言わんかったら、アキラ事故ったりせえへんかったんよ」

エリカが涙声で目を伏せた。

横でタイガが口を強く引き結んで、地べたに目を向けた。

「アキラがあんなんなってしもたの、うちのせいや。うちが悪いんや。だから、うちな、この先もずっとアキラのこと……」

「あかん、あかんーっ！」

考えるよりも先に叫んでいた。考えるよりも先に飛び上がっていた。

「エリカちゃんあんた、何言うてんの!?　あんたのせい、のわけあるかいな！　アキラ事故ったの、あんたのせいなんかじゃありません！」

タイガのほうにも睨みを利かす。タイガが驚いたように顔を上げた。

「あんたらようく聞いとき！　アキラ事故ったのはな、わたしのせいや!!」

胸を張って力いっぱい叫んだ。

「わたしな、おばちゃんな、お母さんな、お母さん、ほんまはちゃんとわかってたんよ！　お母さんがぜんぶ悪いんよ。お母さんのせいで、アキラはあんなんなってしもたんや！　ぜーんぶお母さんのせいで、アキラは事故ってしもたんや！」

目から鼻から口から、涙が溢れた。

そうや、お母さんがぜんぶぜんぶ悪いんや。

アキラは十四歳の頃に自転車で転んで手首を骨折する怪我をしたことがあった。アキラは十歳の頃にコーラのペットボトルにメントスを放り込んで蓋をして爆発させて、両手を血だらけにして帰ってきた。アキラは七歳の頃に溝に落っこちて生え変わったばかりの前歯を折った。アキラは三つの頃にわたしの手を振り払って赤信号で横断歩道へ飛び出した。アキラは赤ん坊の頃にいつまでもつかまり立ちができなくて、何度も頭をぶつけてたんこぶを作っていた。

「あんたらなんて、十四か五だかそんくらいで、ちょっとアキラに会うただけやないの！　調子いいときばっか、アキラのこと使わんといてよっ！　言い訳にせんといてよっ！　そんなん迷惑やわっ！」

　腹の中で、凄まじい勢いの渦が巻く。

「アキラのこと言い訳にせんといてよっ！」

　もう一度、腹に力を込めて大声で怒鳴った。

「エリカちゃん、あんた、もううちに来んといてなっ！　あんたのしとること、浮気や、浮気！」

　人生でいちばん、憎そい顔をしてみせた。

「今まで言わんかったけどな、アキラ、ぜーんぶわかってんねんで。ほんまは喋れんねんで。このところあんたの様子がおかしいこと、ぜんぶ、ぜーんぶ気付いてて、『ああ俺、エリカと顔合わせせんのほんましんどいわ』ってめっちゃ迷惑がってんねんで」

「えっ、ほんまかえ！　アキラ喋れるようになっとるんか？」

　タイガが目を丸くしてエリカを振り返った。エリカが目を伏せた。

「だからな、もうわかったな！　あんたら、アキラに近づかんといて！」

　一気に言ったら心臓が破裂しそうになった。目の前がくらくらした。

　これまでどんなに大声で怒鳴り散らしても、相手に「早口過ぎて何を言っているのかわからない」と言われるくらい喋りまくっても、眩暈を感じたことなんて一度もなかった。

「……おばちゃん、アキラの髪染めれんの？」

　エリカが、か細い声で訊いた。

「あんたに関係ないやろ。ほっといて。駅前の美容院の赤い髪の店長さんに、出張代払って来てもらうわ。あの店長さん二十年あの仕事やってはるからな。あんたができて店長さんがでけへんことはなんもないわ。そのほうがめんどくさいことなくてずっとええなあ。最初からそうしといたらよかったな」

　いらんことをたくさん言う。憎そい声で。

「けどアキラ、ブリーチしたらあかんねん。首んとこ薬剤付くと、かぶれんねんな。店長さんにな、カラー剤だけで行けるとこまでトーン上げて、って伝えてくれる？」

　エリカは化粧が溶けた黒い涙をぽろぽろ零した。

「はいー！　承知しましたあ！　わざわざおおきにねえ！」

　とし子はエリカのほうを見ずに、提灯の紅い光が広がる夜空を見上げた。

「あとな、おばちゃん、これずうずうしいなって思うんやけどな」

「何よ？」

「これからも祭の日だけは、おばちゃんち遊び行ってもええ？　みんなと一緒に、年に一度だけ、アキラに会いに行ってもええ？」

　目を真っ赤にしたエリカが、手を合わせてこちらを見つめていた。

　エリカのカラコンは変な感じでズレていて、頬にはマスカラの黒い繊維が点々と散らばっていて、指先はカラーリングの薬剤でぼろぼろに荒れて霜焼けみたいに割れていた。

　エリカちゃん、あんたちゃんと大人なったんやね。

　優しい声で言いたかった。だが口から出たのは違う言葉だ。

「……タイガが一緒はあかんで」

「よっしゃっ！」

エリカが弾かれたように勢いよく拳を握った。ふわっと笑顔が広がる。

「あったりまえやん！　年に一度の女の宴やで。こいつ連れてくとかないわあ！」

エリカがタイガの背中を勢いよく蹴っ飛ばした。

「いてっ、お前、何すんねん。ちっとは加減せいや」

本当に痛そうな悲鳴を上げたタイガが、エリカと顔を見合わせて笑った。

10

収穫したばかりの玉ねぎを積めるだけ積んだ社長のハイエースが、ブレーキランプを光らせながら角を曲がった。完全に見えなくなるまで手を振ってから、さあ家に戻ろうと思ったとき、駅のほうから小汚いおっちゃんが泣きながら歩いてきたのに気付いた。

「おっちゃんどないしたん？　財布落とした？」

とし子が声を掛けると、おっちゃんは拳で涙を拭って大きく首を横に振った。

「ああー、だんじり終わってしもたわあ。寂しゅうて、寂しゅうて、もうあかんわ。生きてても楽しいことなんもあらへん。死にたいわあ」

おっちゃんは覚束ない足取りで進みながら、泥酔した濁声《だみごえ》で答える。四方八方から齧ってもはやほとんど原形を留めていない渦巻の形のソーセージを握って、手首に色とりどりのスーパーボールの入った透明なビニール袋を引っ掛けていた。

あらあ、と思わずとし子は笑みを漏らす。えらい正直なお方やな。

「そんなん言うたらあかんよ。祭は今日で終わりやないで。明日からまた、来年の祭の準備していこな」

「せやな、おばちゃんおおきにな。けど、寂しゅうて、寂しゅうて、たまらんわあ。ああもうあかん……」

「足元気ぃつけやあ。ここいら、どぶ深いのあんでえ」

大声で見送って、今度こそ家に戻る。

「ただいまあ」

「はい、とし子さんお早いお帰りですな」

ダイニングのテーブルの前に、姑が殊勝な顔でちんまりと座っていた。

「今度のヘルパーの人、あの人めっちゃ年寄りやんな。年寄りあかんわ。頭固いしな。こっちが一言いうたら、うわーって言い返してきよんねん。はいこっち、はいこっち、って軍隊みたいに命令しよんねん。あの人はあかん。あんな人頼むんやったら、あんたのほうがずっとましや」

「そうでしたか？　すんませんねえ。今度から、別のヘルパーさん頼みましょうねえ」

にこやかに聞き流しながら、姑が着ているパジャマにわざわざアイロンが当ててあるのに気付いた。

改めて台所に目を向ける。すべて洗い物は済ませてあって食器は食器棚に戻されている。シンクは水滴ひとつなく磨き上げられてぴかぴかに輝いている。さすが社長だ。

姑に、誤嚥防止に一旦スプーンで引っ掻き回した好物のゼリーを出してから、和室へ向かった。

電気はまだ点いている。

アキラ、ただいまあ。

言いかけて足が止まった。喉元が詰まる。

そのまま和室の前を素通りして納戸に向かった。

「アキラ、あんたが悪いんやで。あんたがいつまでもしっかりせんから、エリカちゃん取られてしもたやないの」

社長が届けてくれたヒョウ柄のドレスに目を向ける。真ん中の大きなヒョウがとし子に向かって牙を剝く。

「ぜーんぶあんたやで。あんたがもうさあ、煮え切らん子やねえ」

自分のためだけに作ってもらった真っさらな衣装に袖を通したら、身体にぴたりと馴染んだ。まるで本物のヒョウになったようにワイルドな気力がふつふつと湧き上がってくる。

「今日な、あのタイガが綱元で曳いとったで。タイガのくせに生意気や。あんた、何しとんのよ。ほんまいつになったら、お母さんにええかっこ見せてくれんのよ。何のために青年団入って、あんなしょーもないこと気ぃ張ってやっとったんよ」

鏡台を覗き込んで、紫色の鬘《かつら》を被る。

目の周りに青いアイシャドウを塗りたくって、赤い口紅を手に取る。いや、心斎橋のチャコットで買った舞台用のショッキングピンクの口紅のほうにしよう。

長い長い時間をかけて身支度をした。アクセサリーをじゃらつかせて和室の襖を開ける。

電動ベッドの前に立つ。

携帯電話のレコーダーの再生ボタンを押す。

まずはピアノの音色がじゃじゃーんと鳴る。それから、ころころと色とりどりの飴ちゃんが転がり出るような可愛らしい前奏が始まる。

ドレスのお腹の上に描かれたヒョウの顔に両手を重ねて、カンツォーネを歌い出す。

みんなの顔が、浮かんでは消える。

商店街を今にも泣き出しそうな顔で背を丸めて歩いていたお嫁さん。東京で出会ったがりがりに痩せた可愛い女の子。道頓堀でスニーカー屋の列から犬のように追っ払われていた兄ちゃん。きっと今頃宝塚でだんじり祭のニュースを観て、微妙な顔をしている幼馴染。そして化粧の溶けたエリカの泣き顔と、馬鹿っぽいタイガの笑顔。

なあ、そこのあんた。何か辛いことあったん？　そんなしょぼくれた顔せんと、大阪のおばちゃんに言うてみ？

一緒に笑って、一緒に歌って、大きな声出して、好き勝手なこと言うて。

そしたらきっと気ぃ晴れんで。きっときっと、楽しなるで。やなことあっても、明日も頑張ろ、って思えんで。何でもええからとにかく生きといたら、また祭の日は来んねんで。

電動ベッドの上で、アキラがこちらをじっと見つめていた。

〜大阪のおばちゃゃ――――――ん!!

「お前、何してんねん」

振り返ると、全身ずぶ濡れになった夫が廊下に立っていた。

「ええっ！　お父さんこそ、えっ？　顔、怪我してんの？　誰かにどつかれました？　たいへんや！　おまわりさん電話せな！」

とし子が大声で駆け寄ると、夫が人差し指で耳の穴を塞いで顔を顰めた。

「こんなん大したことあらへんわ。家の前んとこでな、酔っぱらったおっちゃんが、どぶに嵌っててん。わざわざ下りたったんやけど、もうだんじりないからどうでもええねん、とかわけわからんこと言うてどついてきたんや。恩知らずもええとこや。あんなん獣とおんなじや。ほっといたろか思ったけど、またどぶ落ちるのも何やからな。おまわりさん呼んで引き取ってもろたわ」

「あ、そのおっちゃん、うちさっき会うたわ。めそめそ泣いてはった人やんな。家帰りたなくて、前の道行ったり来たりしとったんやね。お父さんに見つけてもろて命拾いしたな」

「それより何やお前、そのカッコ」

夫がとし子のヒョウ柄のドレスと紫色のパンチパーマの鬘を、怖々と見つめた。

「あ、これ？　これな、今度社長のとこのイベントで着んねん。あっ、このドレス中古で買うたから安いのよ。アキラにお歌の練習見ててもろたんよ。ひとりで鏡見ててやるより、お客さんおったほうがええかなって思ってな」

「またそないなカッコして恥晒すんかいな。町内会の角野《かどの》さん、お前のダイエットジュースのCM知っとったで。めっちゃ恥かいたわあ」

——お母さん。

「ダイエットジュースって何やねん！　代官山酵素スムージー、のことですやんな。はい、まいどおおきにね。わざわざそんな憎そい言い方せんといてくださいな。いつもうちの自由にさせてもろて、お父さんにはめっちゃ感謝してますさかい。ああうちええ人と結婚したわあ、有難いわあ、っていいっつも感謝しとりますぅ」

「なんや気色悪いこと言いよって。お前、何企んでんねん？」

——なあ、お母さん。

「ほんまのこと言うとるだけですぅ。お父さんいっつもおおきにねえ。このドレス、うちに似合うぅ？」

「わっ、やっぱそのカッコが勘弁やわ。吉本ちゃうやろ！　はよ着替え」

「ええやん、このカッコ。うちヒョウ柄めっちゃ好きやわあ。気ぃ晴れるわあ。アキラも『お母さんにはヒョウ柄がよく似合うね』っていっつも言うてくれとりますよ」

「アキラそないな東京弁喋るかいな」

——お母さん、お母さん、なあ、お母さん。

「——うっさいわ」

息を止めた。

電動ベッドの上のアキラを振り返る。

「今の、聞いたな?」

夫の両腕を摑んで、顔を覗き込む。

「へっ?」

「今、何か聞こえたな!? あんたの声とちゃうな!!」

夫の腕を千切り取る勢いで、前後に大きく揺する。

「い、いてっ! 落ち着けや。わし、はよ着替え、って言うただけやで。あと、アキラ東京弁喋るかいな、も言うたな」

「そしたら今の誰や!?」

「……おばあちゃんなら、台所に布団敷いて寝とったで」

「あんたも聞こえたんやね!? 何て聞こえたか言うて!」

「うっさいわ、って言うたがな」

しばらく見つめ合った。

「……アキラ、喋れへんのよ」

「せやな」

夫の瞳に、紫色のブロッコリーみたいなとし子の姿が朧気《おぼろげ》に映っていた。

「けど言うたな。あの子、うっさいわ、って言うたな」

「……ほんまやな」

夫が渋々という様子で頷いた。

柱時計の音がぼーんと鳴った。

「そしたらお父さん、お腹減ってますやろ？　おにぎりかお茶漬けか作りましょか！」

はいっ、と手を叩いた。

「ほな、おにぎり頼もか。梅のと鮭のとな、一つずつな」

「せいせい、すぐに支度しますさかい。そしたらお風呂お願いしますう。湯船にバスマジックリン塗ってますんでね、泡立たんくなるまでしっかりシャワーのお湯かけといてくださいね」

「なんや急に現実戻って来た気がして白けるわ。祭のあとは寂しなあ」

「そんなん寂しいとか言うたらあきまへんよ。明日からまた祭の準備していきましょな！」

夫を風呂場に追い立てて、アキラを振り返った。

アキラはミチコ・ロンドンのタオルケットを肩までしっかり被って、呑気な顔でうとうとしていた。

謝辞

この作品を執筆するにあたり、辻イト子さん、秋山ミチ子さん、その他たくさんの岸和田市在住の皆さまにご協力をいただきました。貴重なお話を本当にありがとうございました。

文中に誤りがある場合はすべて作者の知識不足、勉強不足によるものです。

辻イト子さんは二〇二一年五月二十四日にご逝去されました。心よりご冥福をお祈り申し上げます。

初出　すべて「小説新潮」掲載
「岸和田でヨガ」　二〇二一年三月号
「代官山酵素スムージー」　同六月号「世田谷でCM撮影」改題
「道頓堀の転売ヤー」　同九月号「道頓堀で行列に並ぶ」改題
「宝塚のティッシュケース」　同十二月号
「だんじり祭」　二〇二二年六月号「だんじりとオパール」改題

装画　風間勇人

おばちゃんに言《ゆ》うてみ？

著 者
泉《いずみ》ゆたか

発 行
2023年 8月20日

発行者 佐藤隆信
発行所 株式会社新潮社
〒162-8711 東京都新宿区矢来町71
電話 編集部 03-3266-5411
読者係 03-3266-5111
https://www.shinchosha.co.jp
装幀 新潮社装幀室

印刷所
大日本印刷株式会社
製本所
株式会社大進堂

乱丁・落丁本は、ご面倒ですが小社読者係宛お送り下さい。
送料小社負担にてお取替えいたします。
価格はカバーに表示してあります。

ISBN978-4-10-355261-1 C0093

ツユクサナツコの一生　益田ミリ

32歳・漫画家のナツコは「いま」を漫画に描いていく。世界と、誰かと、自分と〝わかり合う〟ために——。予期せぬ展開に心揺さぶられる、著者史上最長編の感動作！

ぼくはあと何回、満月を見るだろう　坂本龍一

自らに残された時間を悟り、教授は語り始めた。創作や社会運動を支える哲学、家族に対する想い、そして自分が去ったのちの未来について。世界的音楽家による最後の言葉。

おやじはニーチェ　認知症の父と過ごした436日　髙橋秀実

「健忘があるから、幸福も希望も矜恃もあるのだ」——哲学者ニーチェらの言葉に救われながら、認知症の父親と向き合った、小林秀雄賞作家の心温まる介護の記録。

原田マハ、アートの達人に会いにいく　原田マハ

人気小説家が「とにかくお会いしたい」と熱い想いを胸に対話したのは、33人の憧れの先達。厚く深いアートな体験にもとづいた宝物のような言葉がつまった対話集。

すみれの花、また咲く頃　タカラジェンヌのセカンドキャリア　早花まこ

早霧せいな、鳳真由、夢乃聖夏、咲妃みゆ……。元宝塚の著者が、9名の元タカラジェンヌを徹底取材。夢の世界を生きた葛藤と次なる挑戦を描く、ノンフィクション。

ルポ　筋肉と脂肪　アスリートに訊け　平松洋子

大相撲の親方、格闘技の逸材、五輪でメダルをもたらしたスポーツ栄養士らにインタビューし、誰もが身にまとう「筋肉と脂肪」の謎に迫る唯一無二のルポルタージュ。

僕の女を探しているんだ　井上荒野

黒いコートを着た背の高い彼は、大事な人を探しにここへ来ていた――。大ヒットドラマ「愛の不時着」に心奪われた著者による熱いオマージュのラブストーリー集。

墨のゆらめき　三浦しをん

実直なホテルマンは奔放な書家の副業である手紙の代筆を手伝わされるうち、人の思いを載せた「文字」のきらめきと書家に魅せられていく。待望の書下ろし長篇小説。

あなたはここにいなくとも　町田そのこ

人知れず悩みを抱えて立ち止まっても、憂うことはない。あなたの背を押してくれる手はきっとあるのだから。もつれた心を解きほぐす、かけがえのない物語。

花に埋もれる　彩瀬まる

恋が、私の身体を変えていく――著者の原点にして頂点！　英文芸誌「GRANTA」に掲載の「ふるえる」から幻のデビュー作までを網羅した、繊細で緻密な短編集。

成瀬は天下を取りにいく　宮島未奈

「島崎、わたしはこの夏を西武に捧げようと思う」。中2の夏休み、幼馴染の成瀬がまた変なことを言い出した。圧巻のデビュー作にして、いまだかつてない傑作青春小説！

雫の街　家裁調査官・庵原かのん　乃南アサ

家庭が病み、人生の歯車が狂って家裁に来る者たち。予想を超えた真実にたどり着くほどに、「聴く」ことしかできない調査官としてのかのんの葛藤は深まり――。

どうしようもなくさみしい夜に　千加野あい

肌を合わせることは、ときに切実で、ときにかなしく、ときに人を救うのかもしれない。夜のリアルを切なくもやさしく照らし出す、R-18文学賞友近賞受賞作。

きらきらし　宮田愛萌

日向坂46からの卒業を発表した宮田愛萌による、初の小説集。万葉集をモチーフとする5つの物語と万葉の都・奈良への旅を撮影。アイドルとして最後の「卒業制作」。

世はすべて美しい織物　成田名璃子

伝説の織物「山笑う」をめぐり〈昭和〉と〈現代〉、ふたつの運命が、紡ぎ、結ばれていく――。抑圧と喪失の「その先」を描く、感涙必至のしごと大河長編。

水本の小説　北村薫

本や物語の、忘れられぬ言葉や文章表現の断片の光が、さまざまに重ね合わされ編み込まれて、さらに輝きを放つ。謎解きの達人が紡ぐ、〈本の私小説〉7篇。

無人島のふたり
120日以上生きなくちゃ日記　山本文緒

お別れの言葉は、言っても言っても言い足りない――。ある日突然がんと診断され、余命宣告を受け、それでも書くことを手放さなかった作家が、最期まで綴った日記。

ひとりで生きると決めたんだ　ふかわりょう

それは覚悟なのか、諦めなのか――。誰もが素通りする場所で足を止め、重箱の隅に宇宙を感じ、自分だけの「いいね」を見つける。不器用な日常を綴ったエッセイ集。